MES FICHES POUR LE BAC

Term

Anglais

Roselyne Bouillot Vieira
Christelle Brouteele
Professeures d'Anglais

Nathan

ISBN : 978-2-09-157547-6

Sommaire

Lue Relue Apprise

Méthodologie

Les épreuves du bac : l'écrit

Les épreuves du bac : l'oral

Grammaire

Sommaire

Lue | Relue | Apprise

L'anglais au baccalauréat

1

• L'enseignement de l'anglais LVA-LVB est **commun à toutes les séries du cycle terminal**. Il est évalué en contrôle continu dès la classe de Première, et s'organise en **trois sessions d'épreuves communes**.

1 Première session en classe de Première

A Caractéristiques de l'épreuve

• La première session a lieu au **deuxième trimestre de l'année de Première.**

• Elle dure 1 heure, et le coefficient est de 5.

B Structure de l'épreuve et attendus

• **Compréhension de l'oral** (10 pts) **:** à partir d'un **document audio ou vidéo en anglais** de 1 min 30 maximum, vous devrez rendre compte de votre compréhension **en français** et montrer votre aptitude à relever l'essentiel des éléments porteurs de sens et à identifier l'expression de points de vue, souhaits et perspectives.

• **Expression écrite** (10 pts) **:** vous aurez le **choix entre deux sujets** en lien avec la thématique générale du document support de la compréhension orale, et devrez rédiger **en anglais** une **opinion argumentée** ou un **écrit d'invention**. Vous devrez montrer votre aptitude à produire un écrit intelligible et développé, qui rende compte d'expériences et illustrant un point de vue.

2 Deuxième session en classe de Première

A Caractéristiques de l'épreuve

• La deuxième session a lieu au **troisième trimestre de l'année de Première.**

• Elle dure 1 heure 30, et le coefficient est de 5.

B Structure de l'épreuve et attendus

• **Compréhension de l'écrit** (10 pts) **:** elle sera évaluée à partir d'un ou deux textes en lien avec une thématique du programme et dont vous devrez rendre compte de votre compréhension **en anglais**. Vous serez évalués sur votre capacité à savoir relier des informations détaillées sur le contexte et établir des liens entre elles ; à relever l'essentiel des éléments porteurs de sens ; à identifier l'expression de points de vue.

- **Expression écrite** (10 pts) **:** le sujet comportera une ou deux questions en lien avec la thématique générale du document support de la compréhension de l'écrit, auxquelles vous devrez répondre **en anglais**.

3 Troisième session en classe de Terminale

A Caractéristiques de l'épreuve

- La troisième session a lieu au **troisième trimestre de l'année de Terminale.**
- Elle dure 1 heure 40, et le coefficient est de 5.

B Structure de l'épreuve et attendus

- **Compréhension de l'oral et de l'écrit, expression écrite** (15 pts) **:** ce premier temps consiste en une épreuve écrite de 1 heure 30. La **compréhension de l'oral** s'appuiera sur un document audio ou vidéo non étudié en cours et de 1 min 30 maximum. Suite à trois écoutes, séparées chacune par 1 minute pour la prise de note, vous devrez rendre compte par écrit et **en français** de ce que vous avez compris. La compréhension **de l'écrit** sera évaluée à partir d'un ou deux textes dont vous devrez rendre compte de votre compréhension **en anglais** en répondant à des questions. **L'expression écrite** offre le choix entre deux sujets en lien avec la thématique générale du document support de compréhension orale ou écrite.
- **Expression orale** (5 pts) **:** le second temps de l'épreuve consistera en une épreuve orale individuelle de 10 minutes, sans temps de préparation. Vous aurez le choix entre trois axes culturels du programme sélectionnés par l'examinateur, et représentés par deux documents iconographiques ou des citations. Vous devrez expliquer **en anglais** quel document illustre, selon-vous, le mieux l'axe choisi (5 min). Vous échangerez ensuite avec l'examinateur en répondant à des questions plus générales sur l'axe (5 min). L'examinateur évaluera votre capacité à argumenter et à développer votre point de vue, ainsi qu'à vous exprimer de manière intelligible et fluide.
- Pour les séries technologiques, l'évaluation de l'expression orale de la LVA est remplacée par l'évaluation orale de l'enseignement technologique en langue vivante (ETLV). Il s'agit de **communiquer en anglais sur des travaux effectués au cours du cycle terminal en ETLV.**

S'exprimer à l'écrit

2

Lue Relue Apprise

Lors des sessions d'épreuve communes, vous serez amenés à rédiger des textes de nature différente.

1 Le sujet d'invention

A Écrire un récit ou la suite d'un récit

- Identifiez le **type de récit** qui vous est demandé. Si vous devez continuer un récit, respectez le narrateur, le style, le ton, la logique du texte de départ. Si vous rédigez un texte indépendant, respectez le thème général.
- Utilisez des **mots de liaison** pour structurer votre récit et faire apparaître les liens logiques et chronologiques.
- Le temps de base en anglais est le prétérit dans le cas d'un récit.

Temps	Usage	Exemples
Prétérit simple	Temps du récit/événement du passé daté et terminé.	*Last year I flew to New York for the winter holidays.*
Prétérit en be+ing	Description d'actions en déroulement dans un récit au passé.	*When the plane landed, I realized it was snowing hard.*
Pluperfect	Actions antérieures dans un récit au prétérit.	*Many companies had cancelled their flights because of the snow.*

B Écrire un dialogue

- Respectez le registre demandé dans la consigne : registre formel (entretien d'embauche, interview) ; registre familier (discussion en famille, entre amis). Les paroles doivent être mises entre guillemets pour chaque locuteur, et vous devez aller à la ligne à chaque changement.
- Vous pouvez introduire et conclure votre dialogue par une courte phrase d'explication.

John has found out his neighbour is an illegal immigrant. He decides to phone his best friend Alec.
"Hi Alec, John speaking. How are you?"
"Fine and you?"
"Well, not so good. I just found out my neighbour Carlos isn't documented. He doesn't even have a green card. He's been working here illegally for years!", John exclaimed.

C Écrire une lettre/un courriel

- Évitez les symboles et les chiffres à la place des mots, même dans un registre familier.
- La présentation (exemple de lettre informelle) :

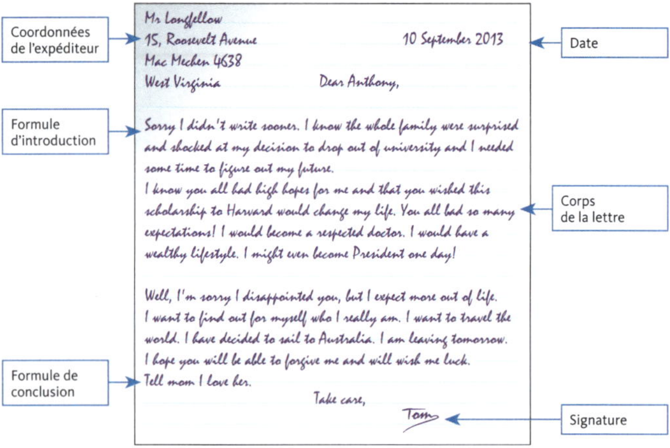

Mr Longfellow
15, Roosevelt Avenue
Mac Mechen 4638
West Virginia

10 September 2013

Dear Anthony,

Sorry I didn't write sooner. I know the whole family were surprised and shocked at my decision to drop out of university and I needed some time to figure out my future.
I know you all had high hopes for me and that you wished this scholarship to Harvard would change my life. You all had so many expectations! I would become a respected doctor. I would have a wealthy lifestyle. I might even become President one day!

Well, I'm sorry I disappointed you, but I expect more out of life. I want to find out for myself who I really am. I want to travel the world. I have decided to sail to Australia. I am leaving tomorrow. I hope you will be able to forgive me and will wish me luck.
Tell mom I love her.

Take care,

Tom

2 Le sujet d'argumentation

A Analysez le sujet et structurez vos idées

- Identifiez le type d'écrit qui vous est demandé : expérience personnelle, réflexion générale, débat...
- Cherchez quelle est la problématique.
- Rassemblez vos connaissances sur le sujet (histoire, art, science...).
- Regroupez vos idées par thèmes au brouillon.
- Terminez par l'idée ou le point de vue que vous souhaitez défendre.

C Rédigez votre argumentation

- Rédigez votre introduction au brouillon en entier : entrez dans le vif du sujet, définissez le sujet et annnoncez votre plan.
- Développez une idée par paragraphe et donnez des exemples.
- Rédigez votre conclusion au brouillon en entier : récapitulation de votre réflexion et prise de position.

Comprendre un texte

Lue Relue Apprise

3

Lors des deuxièmes et troisièmes sessions d'épreuves communes, vous aurez à montrer votre compréhension d'un ou de deux textes en lien avec une des thématiques du programme.

1 Bien comprendre les documents

A Avant la lecture

- Identifiez la nature du document. Il peut appartenir à différents genres : article de presse, extrait de roman, pièce de théâtre, poème, lettre, mail, extrait de blog.
- Aidez-vous des informations périphériques du document. Ce sont de précieuses alliées. Soyez attentif au titre et au nom de l'auteur, à la date de publication, à la source ainsi qu'à l'illustration éventuelle.

conseil

Ne restez pas bloqué sur les mots inconnus. Ils ne vous empêcheront sûrement pas de comprendre le texte dans son ensemble.

B Plusieurs lectures avec des objectifs précis

- **Lors de la première lecture**, repérez les informations essentielles qui vous permettent de comprendre les points importants du document :
  - repérez les noms des personnages, les informations les concernant, les liens qui les unissent ;
  - repérez les lieux et dates qui peuvent vous apporter des informations précieuses sur le contexte ;
  - définissez le thème central du document.
- **Lors d'une seconde lecture**, affinez votre compréhension du document : repérez les champs lexicaux utilisés, relevez les articulations, les mots de liaison, qui font apparaître la structure du texte.
- Aidez-vous des mots transparents, des mots connus.
- **Parallèlement à votre troisième lecture**, lisez les questions du sujet : relire le texte avec une question précise en tête vous fait gagner du temps lors de la rédaction de votre réponse. Cela vous permet d'accéder plus aisément à l'**implicite** et aux intentions de l'auteur, signe que vous avez bien compris le document.

lexique

Implicite : ce qui n'est pas dit clairement dans le texte, mais que l'on comprend par le biais des réactions des personnages, du contexte, de la ponctuation.

Inférer : se servir de la composition d'un mot ou du contexte pour en déduire le sens.

C Inférer le sens des mots inconnus

- Servez-vous du contexte (relations entre les personnages, sentiments).

- Utilisez la racine du mot, et voyez comment il a été formé :
  – par composition (plusieurs mots regroupés pour former un nouveau mot) ;
  – par dérivation (ajout d'un préfixe et/ou d'un suffixe à la base d'un mot).

Préfixes	Signification	Exemples
pre	antériorité	*predate, precast*
un/in, im	sens contraire	*immature, undo*
re	répétition	*replay, recognise*
dis, mis	erreur, problème	*mispelling, discontinue*

Suffixes	Signification	Exemples
-ly	manière	*violently*
-able	capacité, possibilité	*doable*
-ed	état	*influenced*
-ing	action	*caring*
-ful	présence	*joyful, hopeful*
-less	absence	*fearless, harmless*
-ish	sens péjoratif	*selfish*
-dom/-ship/-hood/-ness	mots abstraits	*freedom, friendship, boyhood, madness*

2 Répondre aux questions de compréhension

A Comprendre les questions

Les consignes sont rédigées en anglais. Apprenez le vocabulaire des consignes les plus courantes.

B Répondre de façon pertinente

- Répondez précisément à la question demandée. Ne répondez pas à deux questions en une seule réponse.
- Traitez les questions dans l'ordre. Veillez à ne pas en oublier.
- Lorsque vous citez le texte, sélectionnez les informations pertinentes, ne recopiez pas toute la phrase. Utilisez des guillemets et citez la ligne en fin de phrase.
- Ne laissez aucune question sans réponse.

Organiser son argumentation 4

Lue Relue Apprise

Analysez ce que vous devez faire dans chaque partie de votre argumentation.

1 L'introduction

A Posez le problème dans l'introduction

Utilisez la forme gérondive : ***V + -ing***.

*Protect**ing** the planet is one of the challenges of the future generations.*
Protéger la planète est un des défis de la génération future.

*Choos**ing** the sex of your baby raises ethical issues.*
Choisir le sexe de son enfant pose des problèmes éthiques.

B Annoncez le sujet de votre essay

- *it is generally said that/it is commonly said that* on dit généralement que
- *it is generally believed that* il est généralement admis que
- *people say that* on dit que
- *there is no denying that...* on ne peut nier que
- *it is a well-known fact that.* c'est un fait bien connu que
- *it is a burning/topical issue* c'est un sujet brûlant
- *in today's society* dans la société actuelle
- *nowadays* de nos jours
- *we may wonder to what extent* on peut se demander dans quelle mesure
- *we may wonder whether* on peut se demander si

L'astuce du prof

Soignez la présentation et sautez des lignes entre chaque paragraphe.

2 Le développement

A Organisez vos idées

- *on the one hand... on the other hand* d'un côté..., de l'autre
- *to start with/to begin with/firstly* d'abord
- *first of all/first and foremost* tout d'abord
- *then/secondly* ensuite
- *finally/eventually* finalement

B Donnez des exemples

- *for example/for instance* par exemple
- *such as/like* tel que
- *namely* à savoir
- *that is to say* c'est-à-dire

C Reliez vos idées

- *so that* de sorte que
- *because* parce que
- *consequently* par conséquent
- *thus* ainsi
- *in other words/to put it differently* en d'autres termes
- *besides* en plus
- *indeed* en fait
- *moreover/what's more/in addition* de plus

D Nuancez vos propos

- *to a certain extent/up to a point* jusqu'à un certain point, dans une certaine mesure
- *nevertheless/however/yet* cependant

3 Conclusion

A Exprimez un jugement personnel

- *in my opinion* à mon avis
- *to me/to my mind* d'après moi
- *as far as I am concerned* en ce qui me concerne

B Faites un bilan

- *on the whole* dans l'ensemble
- *for all these reasons* pour toutes ces raisons
- *all in all/all things considered* tout compte fait
- *to conclude* pour conclure
- *in conclusion/as a conclusion* en conclusion

Les pièges à éviter

5

Lue Relue Apprise

L'anglais regorge de pièges dans le langage courant. Voici quelques conseils pour parvenir à les maîtriser.

1 Erreurs de construction fréquentes

- En anglais, on exprime l'**âge** à l'aide de l'**auxiliaire *be* conjugué** :

*How old **are** you?*
*She **is** younger than my sister.*

- Pour exprimer son **accord** ou son **désaccord**, on utilise le verbe ***agree*** :

*I **agree** with what he said.*
*Do you **agree** with the Principal about the new school uniform?*

- ***-ing/-ed***

-ed marque le participe passé, et donc l'état, ce que le sujet ressent :
I'm tired → je suis fatigué.

-ing marque le participe présent, et donc l'action que fait le sujet :
He is so boring → il est si ennuyeux (= il m'ennuie).

- ***used to/be used to***

– *used to* + base verbale porte la marque du passé et se réfère à une action qui n'existe plus aujourd'hui :
*The Twin Towers **used to stand** in New York's financial district.*

– *be used to* + verbe en *-ing* signifie une habitude et peut être au présent :
*They **are used to having** lunch with their mother every Sunday.*

2 Les faux-amis

Il s'agit de mots qui se ressemblent dans les deux langues, mais qui ne veulent pas dire la même chose.

A De l'anglais vers le français

- **Les noms**

affluence richesse
agony souffrance
argument dispute
audience public
chance hasard, occasion
character personnage
crime délit
grief chagrin
journey voyage
library bibliothèque
phrase expression
resume CV

college université

confidence confiance

sympathy compassion

- **Les adjectifs**

abusive grossier

actual réel, concret

affluent riche

confident sûr de lui

current actuel

sensible raisonnable

- **Les verbes**

to abuse insulter

to achieve réussir

to attend assister à

to charge accuser

to demand exiger

to injure blesser

to pass an exam réussir un examen

to pretend faire semblant

to regard considérer

to resume reprendre

- **Les adverbes**

actually en fait

eventually finalement

B Du français vers l'anglais

- **Les noms**

affluence *crowds*

caractère *personality*

décade *ten days*

habits *clothes*

issue *way out*

lecture *reading*

location *rent*

médecin *doctor*

merci *thanks*

peine *grief*

- **Les adjectifs**

engagé *committed*

fatal *deadly*

rude *hard*

sensible *sensitive*

sympathique *friendly*

- **Les verbes**

abuser *to take advantage*

décevoir *to disappoint*

demander *to ask*

regarder *to look at*

résumer *to sum up*

- **Les adverbes**

actuellement *at present*

éventuellement *possibly*

Comprendre un document sonore

6

Lue Relue Apprise

Lors de la première et de la troisième session d'épreuves communes vous devez rendre compte en français de votre compréhension d'un document audio ou vidéo en anglais.

1 Comprendre le document sonore

A Première écoute

- Le titre vous est fourni. Servez-vous en pour **anticiper le thème principal**.
- Dégagez **le genre du document** grâce aux indices sonores :
  - musique, jingle, applaudissements, bruits de fond, rires ;
  - nombre d'intervenants ;
  - ton sérieux, léger, critique, enjoué, intonation.
- Repérez les **informations principales** :
  - noms de personnes, fonctions ;
  - lieux.

remarque

Le document peut être un bulletin d'informations, une publicité, un témoignage, un extrait de discours ou de film.

B Deuxième écoute

- Repérez les mots porteurs de sens, qui sont les plus accentués.
- Repérez les champs lexicaux, les mots répétés.
- Répondez aux questions clés : « qui ? quand ? pourquoi ? comment ? » afin de déterminer le but de la prise de parole (informer, expliquer, narrer, convaincre).

C Troisième écoute

- Concentrez-vous sur les passages restés obscurs.
- Affinez votre compréhension des différents intervenants (leurs opinions et sentiments) et des différents événements.
- Mettez à jour les articulations pour comprendre la cohérence des idées :
  - articulations logiques (*so*, *then*, *but*, *although*...) ;
  - articulations chronologiques (*first*, *then*, *finally*).

2 Classer, trier et hiérarchiser les informations

A Prendre des notes avec efficacité

- Dressez des colonnes pour mieux **visualiser** ou bien numérotez soigneusement pour vous repérer facilement.
- N'écrivez pas tout, utilisez des flèches, des parenthèses, des signes, pour prendre les **éléments-clés** en compte.
- Traquez les **chiffres**. Date, âge... Ils ne sont pas négligeables !

B Classer les éléments selon la nature du document

- S'il s'agit d'un récit, appuyez-vous sur la **chronologie et les temps**, repérez les indicateurs de temps et les personnages.
- S'il s'agit d'un débat, **répertoriez les opposants**. Classez leurs arguments en colonnes (avantages/inconvénients, pour/contre).
- Pour une publicité, classez les **arguments** de propagande.
- Si c'est un thème de société, recherchez ce que veut démontrer le locuteur : ne vous limitez pas à l'explicite, cherchez **l'implicite**.

3 Rendre compte en français avec aisance

A Faire son compte-rendu en français

- Soyez **concis** et allez à l'essentiel, ne montrez pas que de petits points vous ont échappé... Vous devez résumer ou rendre compte de l'ensemble du document en vous exprimant à la 3e personne du singulier.
- **Introduisez en définissant clairement le contexte** et présentez le thème abordé : fait de société, économie, chômage, culture, problèmes de société, nouvelles technologies...
- Prenez soin de **noter le nom des intervenants** et tous les éléments périphériques (lieu, date, époque...).
- **Construisez** vos paragraphes et reliez-les entre eux. Ne vous contentez pas d'énumérer. Vous devez rendre compte de la logique du document.
- **Dans votre conclusion, reprenez le titre** pour l'associer au sujet présenté.

B Pièges à éviter

- **Évitez les répétitions** inutiles et le remplissage.
- **Relisez** votre compte-rendu : conjugaisons, orthographe, ponctuation.
- **Ne donnez pas votre opinion**. Rapportez simplement ce que vous avez entendu et compris (il peut y avoir des sous-entendus à repérer).

S'exprimer à l'oral

7

Lue Relue Apprise

L'expression orale se déroule lors de la troisième session d'épreuves communes. Vous devez vous exprimer en anglais au sujet de documents fournis par l'examinateur, puis vous entretenir avec lui.

1 S'exprimer à l'oral

A Vocabulaire

- Apprenez du vocabulaire en lien avec les quatre notions tout au long de l'année. Classez-le sous formes de fiches thématiques ou de cartes mentales.
- Participez activement en classe en cours d'année. Essayez de réemployer les structures et le vocabulaire spécifique vus en cours.
- Dans la mesure du possible, lisez des livres ou magazines en anglais et regardez des films en version étrangère afin d'exercer votre oreille.

B Caractéristiques

- L'anglais a des règles de prononciation et d'accentuation particulières qu'il faut respecter.
- Vous devez respecter la règle des formes réduites à l'oral. Par exemple :
  – *I will wait for you if you want* se prononce : ***I'll wait** for you*.
  – *She has lived in England for five years* se prononce : ***She's lived***.
- Cette règle s'applique à tous les auxiliaires. Ne pas faire la contraction signifie que vous insistez sur le sens, par exemple parce que quelqu'un vous contredit : *I **will** wait for you* (sous-entendu : puisque je te le dis).
- L'accentuation des mots est primordiale. Mal positionner l'accentuation peut vous conduire à commettre des contresens. Par exemple : *Would you like some des**sert**?/Would you like some **de**sert?*
- Quelques règles d'accentuation :
  – les terminaisons *-ic*, *-ity*, *-ition* induisent une intonation marquée sur la syllabe précédente (*no**ma**dic, abo**li**tion, oppor**tu**nity*).
  – les terminaisons *-able*, *-ment*, ne changent pas la place de l'accentuation (*re**new**, re**new**able; con**fine**, con**fine**ment*).

conseil

Langage oral ne veut pas dire langage familier. Utilisez une langue soutenue et évitez les prononciations familières telle : *guy* (*man*), *wanna* (*want to*), *gonna* (*going to*).

- En anglais, l'intonation a une place très importante :
  - si vous affirmez quelque chose, que votre phrase ou discours est terminé ou que vous posez une question ouverte, votre voix doit descendre à la fin de votre phrase ;
  - si vous faites une énumération, exprimez la surprise ou posez une question fermée (dont la réponse est « oui » ou « non »), votre voix doit monter à la fin de votre phrase.

C Les *gap fillers*

Ces petits mots vous sont utiles pour vous permettre de gagner du temps pour retrouver un mot de vocabulaire ou pour organiser vos idées. Vous ne devez pas négliger d'en apprendre quelques-uns (voir fiche 8).

2 Dialoguer avec l'examinateur

Vous aurez l'occasion de dialoguer avec votre examinateur pendant 5 min suite à votre expression orale.

A Votre expression orale

- Saluez votre examinateur en anglais en rentrant dans la salle :
  - *Good morning Sir/Good afternoon Ms.*
  - *My name is.../ I'm...*

conseil

Essayez de ne pas trop stresser. Il est indiqué que les épreuves doivent se dérouler dans un climat de bienveillance.

- Regardez votre examinateur pendant que vous vous exprimez.
- Parlez de manière audible en soignant la prononciation (voyelles, mots accentués). N'oubliez pas qu'une intonation descendante signale à votre interlocuteur que votre phrase ou votre présentation est terminée.

B Améliorez l'échange

- Soyez prêt : imaginez en amont quelles questions l'examinateur pourrait vous poser sur chaque thème du programme et préparez-vous à y répondre.
- Si vous n'avez pas compris un mot ou le sens d'une question, n'hésitez pas à demander à l'examinateur de répéter ou de vous donner des précisions.
- Lorsque l'examinateur vous interroge, développez vos réponses, ne vous contentez pas de lui répondre par « *Yes* » ou « *No* ». Pour ce faire, justifiez votre point de vue, faites des comparaisons, donnez des exemples.

Enrichir son expression

8

Lue Relue Apprise

Démarquez-vous des autres candidats en vous exprimant dans une langue riche et variée.

1 Enrichissez votre vocabulaire

A Adjectifs et adverbes

- **Équivalents de *bad***

awful terrible
demeaning dégradant
derogatory désobligeant
difficult difficile
dreadful affreux
serious grave
useless inutile

- **Équivalents de *good***

fabulous fabuleux
fine superbe
great considérable
honourable honorable
interesting intéressant
satisfactory satisfaisant

- **Équivalents de *nice***

charming charmant
delightful charmant
friendly amical
lovely ravissant
pleasant agréable
polite poli

- **Équivalents de *very***

considerably considérablement
dramatically de façon spectaculaire
highly fortement
really vraiment
significantly sensiblement

conseil du prof

Utilisez au maximum des synonymes pour préciser le sens de certains mots utilisés couramment.

B Verbes

- Verbes introduisant des **questions** :
ask, wonder, inquire...
- Verbes introduisant une **affirmation** :
tell, say, assert, inform, reply, answer, add...
- Verbes traduisant l'**expression d'une émotion** :
shout, cry, beg, yell, hope, protest...

2 Enrichissez votre syntaxe

conseil du prof

Complexifiez votre énoncé pour montrer que votre pensée est réfléchie et organisée.

- Utilisez des mots de liaison :
  - **temporels** : *first, then/afterwards, meanwhile, finally... ;*
  - **relationnels** : *although, yet, however, nevertheless, whereas, instead...*

- Utilisez des **subordonnées relatives** pour **identifier ce dont vous parlez** :

*The American President **was elected**. His name is Barack Obama.*
→ *The American President **who** was elected is called Barack Obama.*

- Utilisez des subordonnées pour rajouter des **informations supplémentaires** :

First Nations are the Native inhabitants of Canada. They now claim their rights on their ancestral lands.
→ *First Nations, **who are the Native inhabitants of Canada**, now claim their rights on their ancestral lands.*

3 Ne laissez pas le silence s'installer

conseil du prof

Lorsque vous hésitez ou cherchez du vocabulaire, utilisez des *gap fillers*.

- **Lorsque vous parlez à l'examinateur :**

I mean...
In other words...
Let me see...
How shall I put it?
Well...
Let me think...

- **Lorsque vous dialoguez avec l'examinateur :**

Really?
I see...
You may be right, but...
I suppose it's true, however...
I didn't get your point.
Sorry, I didn't hear what you said.
Could you say that again?
Can you repeat, please?

Présent simple
Présent en *be + V-ing*

9

Lue Relue Apprise

Il existe deux formes de présent : le présent simple et le présent en *be + V-ing*.

1 Le présent simple

remarque

Le présent simple donne **une information de façon neutre**, sans point de vue ni commentaire.

A Formation du présent simple

- Le présent simple se forme avec la **base verbale** pour toutes les personnes sauf la 3e personne du singulier : *I play*.
- À la 3e personne du singulier (*he*, *she*, *it*), on rajoute « *s* » à la base verbale : *He plays*.
- **À la forme négative**, le présent simple se construit avec l'auxiliaire *do/does* conjugué à la forme négative :

Sujet + *don't/doesn't* + base verbale + compléments.
*She **doesn't speak** Spanish.*

- **À la forme interrogative**, le présent simple se construit avec l'auxiliaire *do/does* et l'ordre sujet/auxiliaire est inversé :

(Mot interrogatif) + *do/does* + sujet + complément + ?
***Does** he usually **get up** that early?*

B Quand faut-il utiliser le présent simple ?

- Pour parler d'une **habitude** :

*I **play** squash every Friday.*

- Pour exprimer des **sentiments** :

*She **is** fond of detective stories.*

- Pour indiquer une **opinion** :

*They **agree** with the new regulations.*

- Pour évoquer une **généralité** ou présenter des faits objectifs :

*The Earth **revolves** around the sun. 65 million people **live** in France.*

- Pour évoquer un **horaire** ou un emploi du temps (l'événement peut se produire dans le futur) :

*The plane **lands** at 10 o'clock.*

- Pour **rendre un récit plus vivant**, par exemple pour commenter un événement sportif ou expliquer une recette de cuisine :

*Beckham **dribbles** the French player and **passes** the ball to Rooney, who **scores** for England!*

2 Le présent en *be + V-ing*

A Formation

- Le présent en *be + V-ing* se construit avec l'auxiliaire *be* au présent + base verbale + *-ing*.

*I **am watching** TV.*

- **À la forme négative**, le présent en *be + V-ing* se construit avec : *isn't/aren't* + base verbale + *-ing*.

*They **aren't sleeping** although it is midnight.*

- **À la forme interrogative**, il faut inverser l'auxiliaire *be* et le sujet :

***Are** they **flying** their kite?*

B Quand faut-il utiliser le présent en *be + V-ing* ?

- Pour décrire une **action en cours** :

*Look! The dog **is running** away!*

- Pour évoquer un **projet** renvoyant à l'avenir :

*We **are leaving** on holiday tomorrow.*

- Pour émettre une **critique** :

*Stop it! You **are** always **telling** me what to do!*

- Pour **reprendre un propos** :

*When you call me careless, you **are** actually **insulting** me.*

remarque

L'aspect *be + V-ing* permet de montrer le lien entre l'événement et le moment où l'on parle.

Mémo'Quiz

Présent simple ou présent en *be + V-ing* ?

1. *John is always late. We .... always .... him. **(wait for)***

2. *Mark and Lucy .... to church every Sunday. **(go)***

3. *I .... eating cold soup. **(not like)***

4. *.......................... she .... to school? **(walk)***

5. *I can hear some music. .... the band .... for the concert? **(rehearse)***

→ corrigés p. 105

Prétérit simple
Prétérit en *be* + *V-ing*

10

Lue Relue Apprise

On utilise le prétérit pour des actions terminées et datées, sans lien avec le moment où l'énonciateur parle.

1 Le prétérit simple

A Prétérit des verbes réguliers

- On rajoute ***-ed*** à la base verbale pour toutes les personnes :

*She walk**ed** to school this morning.*

- Trois prononciations sont possibles pour la terminaison *-ed*.

Prononciation	Types de verbes	Exemples
[d]	Verbes se terminant par des sons voyelles doux.	*bath**ed**, join**ed**, play**ed***
[t]	Verbes se terminant par les sons [p], [t], [k], [s].	*danc**ed**, walk**ed**, work**ed***
[id]	Verbes dont le prétérit se finit par *-ted* ou *-ded*.	*skat**ed**, wait**ed**, want**ed***

- **À la forme négative**, on utilise *did* (auxiliaire *do* au prétérit) + négation + base verbale, pour toutes les personnes :

*She **didn't want** to go out tonight.*

- **À la forme interrogative**, on utilise *did* (auxiliaire *do* au prétérit) pour toutes les personnes. Il faut penser à inverser l'ordre sujet/auxiliaire :

***Did** she **drive** you home last night?*

B Prétérit des verbes irréguliers

- Il s'agit des verbes les plus fréquemment utilisés. Vous devez les apprendre par cœur !
- À la forme négative, la formation est la même que pour les verbes irréguliers : *didn't* + base verbale.

*She **didn't come** to the show.*

- La forme interrogative est la même que pour les verbes réguliers : *did* + sujet + base verbale + complément ?

***Did** you **swim** across the lake?*

remarque

Les verbes irréguliers les plus utilisés et leur conjugaison se trouvent sur le rabat de couverture en fin d'ouvrage.

C Quand faut-il utiliser le prétérit simple ?

On utilise le prétérit pour une **action passée, achevée et datée** :
We ***spent*** *three fabulous weeks in Australia last summer. I* ***was*** *born in March 1997.*

> **astuce**
> Si une phrase contient des expressions de temps telles que ***ago/last*** **+ date**, ou une **date précise antérieure** au jour présent, utilisez le **prétérit**.

2 Le prétérit en *be* + *V-ing*

A Formation du prétérit en *be* + *V-ing*

● On utilise l'auxiliaire *be* au prétérit (*was* au singulier, *were* au pluriel) + base verbale + *-ing* :
They ***were working****.*

● **À la forme négative**, on utilise *was/were* à la forme négative + base verbale + *-ing* :
She ***wasn't looking*** *for her dog anymore.*

● **À la forme interrogative**, on utilise l'auxiliaire *was/were* + base verbale + *-ing* et on inverse l'ordre sujet/auxiliaire :
Were *they* ***following*** *us?*

B Quand faut-il utiliser le prétérit en *be* + *V-ing* ?

● Pour insister sur le **déroulement de l'action** :
She ***was taking*** *a shower when the phone rang.*
→ on insiste sur le fait que le téléphone a sonné pendant qu'elle prenait sa douche, et non sur le fait qu'elle prenait une douche.

> **bien comprendre**
> On utilise le prétérit en *be* + *V-ing* pour **commenter** une action.

● Pour effectuer un **commentaire sur une action** :
She ***was*** *always* ***forgetting*** *her wallet.* → ce n'est pas le portefeuille oublié qui compte ici, mais le fait qu'elle l'oublie tout le temps.

Mémo'Quiz

Prétérit simple ou prétérit en *be* + *V-ing* ?

1. *She .... in 1947. (be born)*
2. *................................ you .... who stole my purse? (see)*
3. *................................ she .... with you last night? (leave)*
4. *Someone .... on the door (knock) while I .... to the radio. (listen)*

→ corrigés p. 105

Present perfect / Past perfect

11

Lue Relue Apprise

Le *present perfect* et le *past perfect* sont des aspects, et non des temps. L'énonciateur les choisit pour indiquer les résultats d'une action passée sur la situation d'énonciation présente.

remarque

Pour décrire le résultat d'une action passée sur la **situation d'énonciation** (le moment où l'énonciateur parle), on utilise le *present perfect* si cette situation est dans le présent, et le *past perfect* si cette situation est dans le passé.

1 Present perfect

A Formation du *present perfect*

- Le ***present perfect*** se forme avec l'auxiliaire *have* (ou *has* à la 3e personne du singulier), suivi du participe passé du verbe :

*He **has worked**. They **have written** an email.*

- **À la forme négative**, c'est l'auxiliaire *have/has* qui porte la négation :

*They have**n't** been to England.*

- **À la forme interrogative**, une phrase au *present perfect* se construit ainsi : *Have/Has* + sujet + participe passé + complément + ?

***Have** you **seen** Mary?*

B Quand faut-il utiliser le *present perfect* ?

- Pour marquer un **lien entre passé et présent** :

He has forgotten his books. → au moment où on parle, il ne les a pas.

- Pour faire le **bilan d'une situation passée** :

They have done all their homework. → à l'instant, les devoirs sont faits.

- Pour parler d'une action qui a commencé dans le passé et **qui continue dans le présent** :

She has emigrated to Canberra. → elle y est toujours au moment où on parle.

2 Past perfect

A Formation du *past perfect*

- Le ***past perfect*** se forme, **à toutes les personnes**, avec l'auxiliaire ***had*** (*have* au prétérit) **+ participe passé** du verbe : *They **had** already **gone**.*
- **À la forme négative**, c'est l'auxiliaire *had* qui porte la négation :

*She had**n't** seen him for a while.*

- **À la forme interrogative**, on inverse l'ordre sujet/auxiliaire :

***Had** she **mentioned** her father?*

B Quand faut-il utiliser le *past perfect* ?

- Pour **respecter la concordance des temps**, dans une phrase au discours indirect dont le verbe est au prétérit (voir Fiche 28) :

*He **told** me he **had emigrated** to the USA.*

- Pour **expliquer une situation dans un contexte passé**, en insistant sur le résultat d'une action :

*She admitted she was late because she **had gone** to bed at midnight the night before.* → elle explique ce qui a provoqué son retard passé.

- En **combinant le *past perfect* avec l'aspect *be + V-ing***, l'énonciateur met en valeur l'action elle-même, plutôt que son résultat.

*Her eyes were puffy and red because she **had been crying**.* → c'est le fait de pleurer qui lui a fait gonfler les yeux.

bien comprendre

Le *past perfect* insiste sur le résultat de l'action, l'aspect *be + V-ing* sur l'action elle-même.

*He was happy because he **had cleaned** the attic.* → c'est le fait que le grenier soit propre qui le rend heureux.

*He was dirty because he **had been cleaning** the attic.* → c'est l'action de nettoyer qui l'a sali.

3 *For* ou *since* ?

- *For* et *since* marquent un **lien entre le passé et le présent**. C'est pour cela qu'on les trouve quasiment toujours associés au *present perfect* dans une phrase.
- ***For*** évoque une **durée**. On l'utilise pour indiquer un nombre de minutes, mois, années... :

*I have been listening to this song **for** an hour.*

- ***Since*** évoque un **point de départ**. On l'utilise pour indiquer une date, un moment précis :

*We haven't spoken **since** the Christmas holidays.*

remarque

Le mot « **depuis** » en français peut se traduire en anglais par *for* ou *since*, selon la notion qu'il exprime.

Mémo'Quiz

Prétérit, *present perfect* ou *past perfect* ?

1. *She .... English tea. **(never drink)***

2. *.............................. they .... their tests yet? **(finish)***

3. *Last Monday she .... **(realize)** she .... her favourite scarf. **(lose)***

→ corrigés p. 105

Exprimer le futur

12

Lue Relue Apprise

Il n'y a pas de temps futur en anglais. Pour exprimer le futur, l'énonciateur a plusieurs possibilités.

1 Le futur avec *will*

A Formation du futur avec *will*

	Formation (à toutes les personnes)	Exemple
Forme affirmative	*will* + base verbale	*I **will visit** you.*
Forme négative	*won't* + base verbale	*They **won't join** us tonight.*
Forme interrogative	*Will* + sujet + base verbale + complément + ?	***Will** you **help** me with my math assignment?*

B Quand faut-il utiliser *will* ?

- Pour affirmer une **certitude** :

*I **will help** you if you need me.* → c'est sûr, je t'aiderai.

- Pour faire une **promesse** :

*I **will** never **talk** to her again.*

- Pour évoquer un événement futur **qui ne dépend pas de la situation présente** :

*I **will turn** 18 next month.* → avoir 18 ans ne dépend pas de moi, cela arrivera quoi qu'il se passe.

- Pour traduire une **décision rapide** :

*This suitcase is so heavy! Don't worry, I **will drive** you to the station.*
→ il s'agit d'une décision prise sur l'instant, dans le contexte, sans réflexion préalable.

2 Le futur avec le présent en *be going to*

A Formation du présent en *be going to*

- Il est construit avec l'auxiliaire *be* au présent + *going to* + base verbale :

*She **is going to watch** the game.*

- **À la forme négative**, l'auxiliaire *be* porte la négation :

*They **aren't** going to visit any museums.*

- **À la forme interrogative**, on pense à inverser l'ordre sujet/auxiliaire *be* : ***Are you going to eat** all these sweets?*

B Quand utiliser le présent en *be going to* ?

- Quand **on s'appuie sur la situation actuelle** pour envisager le futur.
- Ce sont des indices, au moment où on parle, qui nous permettent de parler du futur :

Look at all the dark clouds. It ***is going to rain*** *soon.* → je vois des nuages au moment où je parle et j'en déduis ce qui va se passer.

3 Le futur avec le présent en *be + V-ing*

- Le présent en *be + V-ing* (voir Fiche 9) peut être utilisé pour exprimer le futur.
- On l'emploie quand l'énonciateur renvoie à **une action qu'il a décidée, qu'il a déjà prévu de faire**.

She ***is moving*** *to London next month.* → on ne peut pas l'affirmer de façon certaine, car on ne sait pas ce qui peut se passer d'ici là (donc on n'emploie pas *will*), mais c'est quelque chose qu'on a décidé.

conseil

Pour savoir comment exprimer le futur, **sachez ce que vous voulez faire passer** : l'action future est-elle sûre ? Dépend-elle ou non de celui qui parle ? Est-ce une décision personnelle ?

4 Le futur avec le présent simple

- Le présent simple (voir Fiche 9) peut être utilisé pour exprimer le futur.
- On l'emploie quand l'énonciateur mentionne des **horaires** ou un **emploi du temps**.

The plane ***takes off*** *at 10.30.* → l'avion décolle à 10 h 30, c'est annoncé de manière neutre.

I ***have*** *French at 10 tomorrow.* → c'est mon emploi du temps.

Mémo'Quiz

Conjuguez les verbes entre parenthèses pour exprimer le futur.

1. *It's midnight, I .... to bed soon. **(go)***

2. *She .... her grandmother next week. **(visit)***

3. *The train .... at 11. **(arrive)***

4. *I'm so hungry, I .... into a bag of crisps as soon as I'm home! **(dive)***

→ corrigés p. 105

Les auxiliaires de modalité : *can, may, must, need…*

Lue Relue Apprise

13

Les auxiliaires de modalité aident l'énonciateur à exprimer son point de vue sur le déroulement de l'action.

1 Les auxiliaires de modalité

- Les auxiliaires de modalité sont : *can*, *may*, *must*, *shall*, *will* et *could*, *might*, *should*, *would*.
- Un auxiliaire de modalité est **toujours suivi d'une base verbale**. Il est **invariable**. Il ne peut pas être mis au prétérit.
- Il est impossible de faire se suivre deux modaux.

	Formation (à toutes les personnes)	Exemple
Forme affirmative	auxiliaire modal + base verbale	*I **can swim**.*
Forme négative	auxiliaire modal + *not (n't)* + base verbale	*They **shouldn't be** here.*
Forme interrogative	Auxiliaire modal + sujet + base verbale + complément + ?	***Can** you **help** me with the luggage?*

- Avec une forme en *be + V-ing*, l'auxiliaire de modalité porte sur **une action en déroulement** : *You must be joking!*

2 Exprimer une modalité

- L'auxiliaire modal peut servir à exprimer la capacité, la permission, l'obligation, l'interdiction, le conseil, le reproche ou la volonté.
- **Chaque modal a un équivalent non modal pour exprimer la même notion.**

Notion	Modal (point de vue de l'énonciateur)	Expression équivalente
Capacité/Incapacité	*can/can't*	*be able to* + base verbale *not be able to* + base verbale
Permission	*may/can*	*be allowed to* + base verbale
Obligation	*must*	*have to* + base verbale
Absence d'obligation	*needn't*	*don't have to* + base verbale
Interdiction	*mustn't*	*be forbidden to* + base verbale
Conseil	*should*	*ought to* + base verbale

Reproche	*shouldn't*	*reproach someone with* + base verbale
Volonté	*will* *won't*	*want to* + base verble *don't want to* + base verbale

- Les équivalents permettent d'exprimer **certaines nuances** :

*I **must do** my homework.* → l'obligation vient de l'énonciateur lui-même.
*You **have to drive** at 30 mph in this area.* → l'obligation vient de l'extérieur.

3 Exprimer une probabilité

- Les modaux permettent aussi à l'énonciateur d'indiquer la probabilité qu'une action se réalise.
- Selon que cette probabilité est plus ou moins forte, on choisira un auxiliaire modal différent.

remarque

On peut aussi exprimer une probabilité avec des adverbes : *surely, certainly, probably, maybe, perhaps...*
*She will **probably** get a dog for her birthday.*

Probabilité	Modalité	Exemple
Très forte probabilité	*will*	*She is kissing him. That will be her husband.*
Forte probabilité	*must/should*	*She looks relieved, she must have passed her exam.* *Don't worry, he should be sleeping by now.* → c'est très probable, car c'est habituel.
Moyenne probabilité	*may*	*We may go, it'll depend on the weather.*
Faible probabilité	*might/could*	*He might join her if he can find a taxi.* *You never know, he could be a prince!* → on peut l'imaginer.
Probabilité nulle	*can't*	*They can't have left without us!*

Mémo'Quiz

Choisissez l'auxiliaire de modalité qui convient.

1. *The film isn't out yet, you .... have seen it.*
2. *They .... have left the door open, now the cat's gone.*
3. *I heard you are getting married, you .... be so happy!*
4. *I really don't like fish. Oh, but you .... really try the salmon!*

→ corrigés p. 105

Exprimer le souhait, le regret, la préférence • *Should/would* 14

Lue Relue Apprise

Lorsque l'énonciateur exprime un souhait ou un regret, il se place sur le plan de l'irréel.

1 Exprimer un souhait

A Avec *would like*

Pour exprimer le souhait, on utilise *like* au conditionnel.

Would *you* ***like*** *to see the film?*

B Avec *If*... ou *If only*...

- *If*... ou *If only*... est suivi d'un prétérit modal.
- La phrase se construit avec : *If* ou *If only* + sujet + verbe au prétérit + complément.

If only *I* ***could*** *lie in tomorrow!*
If *I* ***were*** *rich, I would travel the world.*

remarque

On utilise le **prétérit modal** pour exprimer le souhait, car il indique que l'action n'est pas réalisée ou réalisable au moment où l'on parle.

C Avec *wish*

- *Wish* + groupe nominal et *wish to* + verbe expriment un souhait.

We ***wish you*** *a Merry Christmas. They* ***wish to be seated*** *next to each other.*
➜ ils aimeraient être assis l'un à côté de l'autre.

- On utilise *wish* + sujet + *would* lorsqu'on désire une chose sur laquelle on n'a pas de contrôle.

I ***wish they would*** *stop laughing at me!* ➜ je ne peux pas agir, c'est eux qui décident s'ils continuent ou non à se moquer.

D Avec *It's time/It's high time*

Ces expressions sont suivies du prétérit.

It's time *the children* ***went*** *to bed.* ***It's high time*** *you* ***learnt*** *to use a computer.*

2 Exprimer la préférence

- **Sujet + *'d rather* + prétérit modal** exprime une préférence entre deux solutions envisageables.

I'd rather you left. ➜ tu pourrais rester, mais je préférerais que tu t'en ailles.

- *Rather than* est la traduction de « plutôt que » et exprime une préférence.

They travelled by boat ***rather than*** *by plane.* ➜ ils ont préféré le bateau.

- On utilise *prefer* dans un registre soutenu : *They* ***prefer*** *France* ***to*** *Italy.*

attention

I'd *like =* *I* ***would*** *like*
I'd *rather = I* ***had*** *rather*

3 Exprimer le regret

- Par rapport à une situation actuelle : *wish* + prétérit.

I wish I had my umbrella.

- Par rapport à une situation passée ou jamais arrivée : *wish* + *past perfect*.

*I **wish** I **had**n't **yelled** at her.*

piège à éviter

En français, on regrette une action, mais en anglais, on souhaite qu'elle se soit déroulée.

Je regrette de ne pas avoir lu *1984*. → ***I wish I had*** *read* 1984.

4 *Should* ou *would* ?

A Quand faut-il utiliser *should* ?

- Pour exprimer un conseil : *should* + verbe (voir Fiche 13).
- Pour formuler un reproche : *should have* + participe passé.

*You **should**n't **have driven** so fast.*

- Pour exprimer une quasi-certitude : *This **should** be the place* → normalement, c'est ici.

B Quand faut-il utiliser *would* ?

- Pour un **souhait**, une **suggestion** : ***Would you come*** *with me to the zoo?*
- Dans une phrase en *if...* dont le verbe est au *past perfect* :

If you had listened *to me, you would be safe now.*

- Dans le discours indirect si l'auxiliaire d'origine est *will* :

*She said: "I **will** be late."* → *She told me she **would** be late.*

- Pour évoquer une **habitude passée** dans une phrase au prétérit :

*When I was a child, we **would visit** my grandparents every Sunday.*

Mémo'Quiz

Quelle est la bonne traduction des expressions en gras ?

1. Je préférerais aller au cinéma plutôt qu'en discothèque.
a. *I'd rather go* **b.** *I wish I go* **c.** *I wish I went*

2. Je regrette d'avoir menti.
a. *I wish I lied* **b.** *I wish I hadn't lied* **c.** *I wish I had lied*

3. Enfant, **je jouais** au tennis tous les samedis.
a. *I would play* **b.** *I should play* **c.** *I'd rather play*

→ corrigés p. 105

Exprimer la condition

15

Lue Relue Apprise

Pour exprimer la condition, on utilise des propositions subordonnées.

1 La proposition conditionnelle

La proposition conditionnelle peut être introduite par une conjonction.

- ***as long as*** : tant que, pourvu que

As long as he lives with me, nothing can happen to him.

- ***for fear/lest*** : de peur que

*They locked her up **for fear** she would denounce them.*

> **attention**
> *lest* est une expression très littéraire. On ne l'emploie pas dans le langage courant.

- ***if*** : si

*I will come **if** Dex isn't invited.*

- ***in case*** : au cas où

*Pull the alarm **in case** you are in danger.*

- ***on condition that*** : à condition que

*She can pass the test **on condition that** she is present to all the classes.*

- ***provided*** : à la condition que

*You can stay **provided** you are quiet.*

- ***unless*** : à moins que

*You can't buy liquor **unless** you are 21.*

2 La concordance des temps dans une proposition conditionnelle

- Pour savoir comment accorder les temps dans la conditionnelle, il faut savoir si l'action pourrait se réaliser ou non, dans le présent ou dans le passé.
- Si l'action n'est pas réalisable, on est dans l'irréel.

A Si l'action est réalisable, dans le présent

- On n'est pas dans l'irréel : l'action peut se réaliser.
- Dans ce cas, la conditionnelle se construit avec :

If + verbe au présent, *will* + base verbale.

***If you work** hard, **you will** succeed.* → si tu travailles dur, tu peux réussir : cela peut se produire.

B Si l'action n'est pas réalisable, dans le présent

- Il s'agit de l'**irréel du présent**, c'est-à-dire d'une situation qui n'est pas réalisée au présent.
- Dans ce cas, la conditionnelle se construit avec :

If + verbe au prétérit, *would* + base verbale
***If you were** nice, **you would talk** to her.* → si tu étais sympa... mais tu ne l'es pas : la situation ne peut donc pas se produire.

C Si l'action n'est pas réalisable dans le passé

- Il s'agit de l'**irréel du passé**, c'est-à-dire d'une action qui n'a pas été réalisée au passé.
- Dans ce cas, la conditionnelle se construit avec :

If + verbe au *past perfect*, *would have* + participe passé
***If you had** phoned me, **we would have dated**.*
→ si tu l'avais fait... mais tu ne l'as pas fait.

piège à éviter

Dans le cas d'une action non réalisable, on utilise l'auxiliaire *were* à toutes les personnes, même avec *I* :
*If **I were** rich...*
*If **they were** rich...*

Mémo'Quiz

Traduisez les énoncés suivants.

1. Si je vivais en Australie, j'irais à la plage tous les jours.
2. Tu ne peux pas conduire si tu n'as pas de permis.
3. Si le téléphone n'avait pas sonné, je n'aurais pas brûlé le dîner.
4. Viens si tu veux.
5. Ils ont acheté un chien de peur d'être cambriolés.
6. Si je gagnais au loto, je ferais le tour du monde.

→ corrigés p. 105

Dénombrables, indénombrables et pluriel

16

Lue Relue Apprise

Pour comprendre l'emploi du singulier et du pluriel ainsi que des articles, il faut savoir si un nom est dénombrable ou indénombrable.

1 Dénombrables et indénombrables

A Les dénombrables (*countables*)

- Ce sont les objets dont **on peut décompter les unités**.
- On peut donc mettre au pluriel les noms qui les désignent et les faire précéder des articles *a/an*.
- La plupart des noms concrets sont dénombrables : *table*, *job*, *dog*, *girl*, *house*...

B Les indénombrables (*uncountables*)

- Ce sont les éléments qui **ne peuvent être dénombrés**.
- On ne peut donc pas mettre au pluriel les mots qui les désignent, ni les faire précéder de l'article indéfini.
- Les indénombrables comprennent :
  – certains aliments : *bread, water, tea* ;
  – des matériaux : *wood, paper, concrete* ;
  – des mots au sens collectif, qui regroupent plusieurs objets : *furniture, luggage* ;
  – la plupart des notions abstraites : *information, progress*...

piège à éviter

Certains noms abstraits sont considérés comme dénombrables :
idea, journey, joke, mistake...

C Parfois dénombrables, parfois indénombrables

Certains mots sont dénombrables dans leur sens concret et indénombrables dans leur sens abstrait :

a room : une pièce → dénombrable / *room* : de la place → indénombrable
a glass : un verre → dénombrable / *glass* : du verre → indénombrable
a hair : un cheveu, un poil → dénombrable / *hair* : les cheveux, la chevelure → indénombrable

2 Pluriel des noms dénombrables

A Pluriel régulier : nom + *-s*

- La plupart du temps, le pluriel d'un nom se construit en ajoutant un *-s* final à ce nom.
- Pour les noms se terminant en *-ch* et *-sh*, on ajoute *-es* au pluriel :
a church → *churches* ; *a smash* → *smashes*.

- Le -*s* final au pluriel peut se prononcer de trois façons différentes.

Singulier	Pluriel	Prononciation
cat	*cats*	[s]
tree	*trees*	[z]
sense	*senses*	[iz]

B Pluriels irréguliers

- Les mots se terminant en -*f* font leur pluriel en -*ves* :

a thief → *thieves ;*
half → *halves.*

- Les mots d'origine latine ou grecque ont des pluriels irréguliers :

medium → *media ;*
phenomenon → *phenomena ;*
crisis → *crises...*

C Pluriels semblables au singulier

- Certains mots sont invariables : *sheep, fish...*
- Certains mots n'ont pas de singulier : *trousers, scissors, jeans...*
- Certains mots ne s'emploient pas au singulier quand ils ont un sens collectif : *clothes*, *goods* (marchandise).
- Les indénombrables n'ont pas de pluriel, car ils ne peuvent être comptés. Ils sont donc toujours au singulier, même s'ils finissent par -*s*, comme *news*.

remarque

Les noms indénombrables n'ont pas de pluriel.
Pour extraire un élément, on utilise ***a piece of.***
un conseil : *a piece of advice*
une information : *a piece of news*

Mémo'Quiz

Indiquez le pluriel de ces mots et entourez leur prononciation.

1. *fox* .... [s] [z] [iz]

2. *birth* .... [s] [z] [iz]

3. *wolf* .... [s] [z] [iz]

4. *analysis* .... [s] [z] [iz]

5. *hero* .... [s] [z] [iz]

6. *enemy* .... [s] [z] [iz]

→ corrigés p. 105

La détermination : *the, a/an, Ø*

17

Lue Relue Apprise

Le choix de l'article dépend des noms à déterminer. Sont-ils dénombrables ou indénombrables ? Parle-t-on en général ou en particulier ?

1 L'article défini *the*

- *The* s'utilise devant :
  - les noms dénombrables ;
  - les noms indénombrables qui sont **déterminés**, c'est-à-dire connus par ceux qui parlent ou définis par le contexte.

- On utilise *the* quand le contexte fait que l'élément est connu par les personnes concernées :

*Give me **the keys** please.*

> **attention**
> Devant une voyelle, le *e* de *the* se prononce [ɪ] :
> ***the o**rigin, **the a**tmosphere...*

- On utilise *the* pour un élément unique, pour lequel il ne peut y avoir de confusion (les éléments, les planètes) :

*The moon has risen in **the sky**.*

- On utilise *the* si la nature de l'élément est précisée dans la suite de la phrase :

***The luggage** <u>I carried this morning</u> is Charlotte's.*
(on sait donc à qui appartiennent les bagages)

- *The* + adjectif indique qu'on parle d'une catégorie :

***The British** usually have supper earlier than **the French**.*

- *The* sert à introduire le superlatif :

*It's **the best band** I have ever heard.*

- *The* introduit les instruments de musique :

*I have always wanted to play **the piano**.*

2 L'article indéfini *a/an*

- *A* et *an* ne s'appliquent qu'aux noms **dénombrables singuliers**, puisqu'ils désignent un seul élément. On l'utilise dans les situations suivantes.
- Pour parler d'un élément représentatif d'une catégorie :

*I am looking for **a blue ribbon**.*

- Pour mentionner un élément nouveau dans la conversation :

*Would you like **a doughnut**?*

- Pour introduire les noms de métier ou une occupation :

*My son is **a heart surgeon**.*

- Devant une unité :

*You should eat 5 vegetables **a day**.* (par jour)

3 L'article Ø (absence d'article)

- L'article Ø s'utilise avec
  - les noms dénombrables pluriels ;
  - les noms indénombrables.

Il permet de faire référence à un ensemble d'éléments.

- Pour faire référence à l'ensemble d'une catégorie :

*I am afraid of **Ø dogs**.*

- Devant un nom propre, un pays au singulier, une langue, une fonction :

*He is **Ø British** but he lives in **Ø India**.*

- Pour désigner une généralité :

***Ø Practice** makes perfect.*
***Ø Reading** is my favourite hobby.*

- Devant les noms de jours, de mois, de saisons :

*I play squash on **Ø Saturday**. I hate **Ø winter**.*

attention

Devant les pays regroupant des **états fédérés**, on utilise *the* :
***The** United States*
***The** United Kingdom*
Mais : ***Ø** Scotland, **Ø** Wales.*

Mémo'Quiz

Complétez par *the, a, an* ou Ø.

1. .... *President Obama governs* .... *United States.*

2. *I want to become* .... *fashion designer.*

3. *This is* .... *worst film I've ever seen.*

4. *As* .... *child she would go to church on* .... *Sunday.*

5. .... *apple* .... *day keeps* .... *doctor away.*

→ corrigés p. 105

Exprimer la quantité : *some, any* et *no*

18

Lue Relue Apprise

Some, *any* et *no* permettent de préciser la quantité d'un nom. Ils peuvent être adjectifs ou pronoms.

1 *Some*

A Pour désigner une quantité indéfinie

- Devant des noms indénombrables. On le traduit par « du », « de la ».

Don't forget to buy ***some bread****.* → du pain.

- Devant des noms dénombrables pluriels. On le traduit par « un certain nombre de », « quelques ».

There are ***some*** *messages for you.* → quelques messages.

B Quand on sait qu'il y a ce dont on parle

- On utilise *some* lorsqu'on sait que l'élément existe. On le traduit par « certains ».

Some *people have no decency.* → certaines personnes, il y a des gens qui...

- Dans les énoncés interrogatifs, on utilise *some* quand on attend une réponse affirmative :

Can I have ***some*** *tea?* → on sait qu'il y en a et on en demande.

2 *Any*

- On utilise *any* quand **on n'est pas sûr qu'il y a ce dont on parle**, que cet élément existe.
- *Any* s'utilise donc dans des questions :

Are there ***any*** *sweets left?* → je ne sais pas s'il en reste.

- ***not... any*** exprime une **quantité nulle** :

He hasn't got ***any*** *money in his wallet.* → il n'y en a plus.

3 *No, none of, no one*

A *No*

- *No* exprime une **quantité nulle**. Il peut être placé devant un dénombrable ou un indénombrable.
- On utilise ***no*** dans une phrase affirmative :

There are ***no*** *clients in this restaurant.*

attention

Avec *no*, il faut garder le verbe à la forme affirmative (on ne peut pas avoir deux négations dans la phrase).

I ***have no*** *patience today.*

B *None of/no one*

- ***None of* + nom/pronom** permet de désigner une quantité nulle au sein d'un groupe défini. On le traduit par « aucun de ».

None of them *could speak Spanish.* → aucun d'entre eux.
None of the beds *were made.* → aucun des lits.

- ***No one*** désigne une quantité nulle d'humains. On le traduit par « personne ».

No one *helped me.*

4 *Some* et *any* : cas particuliers

Some et *any* peuvent indiquer le **caractère indéfini d'un élément** : l'incertitude ne porte alors pas sur la quantité de l'élément, mais sur l'élément lui-même.

You can visit her ***any day***. → n'importe quel jour.
Some madman *ran my dog over.* → il y a un fou qui..., je ne sais pas qui il est.

Mémo'Quiz

Complétez avec l'article qui convient.

1. *I sent .... Christmas cards.*

2. *............. crazy woman yelled at me in the street.*

3. *They didn't give us .... information.*

4. *I have some chocolate. Do you want ....?*

5. *I'm so happy we have .... homework for tomorrow!*

→ corrigés p. 105

Exprimer la quantité : *little, few, much, many...*

19

Lue Relue Apprise

L'utilisation de ces quantifieurs dépend du nom qu'ils précèdent, et du fait que celui-ci est dénombrable ou indénombrable.

1 Quantité faible

A *Little/few*

- La quantité faible (peu de, un peu de, quelques) se traduit en anglais par *little* et *few*.
- ***Little*** s'emploie avec les noms **indénombrables** (donc toujours au singulier), ***few*** avec les nom **dénombrables au pluriel**.

B Noms indénombrables : *(a) little* + singulier

	Traduction	Exemple
little	peu de	*She has **little** furniture in her flat.*
a little	un peu de	*She felt **a little** compassion for him.*

C Noms dénombrables pluriels : *few* + pluriel

	Traduction	Exemple
few	peu de	*He had **few** friends at college.*
a few	quelques	*She hid **a few** eggs in the garden.*

2 Quantité forte

A *Much/many, a lot of/plenty of*

- La quantité forte (beaucoup de) se traduit en anglais par *much* et *many*.
- ***Much*** s'emploie avec les noms **indénombrables** (donc toujours au singulier), ***many*** avec les noms **dénombrables au pluriel**.

B Noms indénombrables : *much* + singulier

- *much* + singulier :

*He received **much support** from his relatives.*

C Noms dénombrables : *many, a lot of/plenty of* + pluriel

- *many* + pluriel :

*He has **many friends** on Facebook.*

- ***a lot of*** + pluriel et ***plenty of*** + pluriel sont des équivalents plus familiers que *many* :

*He ate **a lot of** chips.*

3 Pour exprimer une quantité précise

Quantité	Sens	Exemple
one	un (seul)	*She had **one** cat in her life.*
both	tous les 2	***Both** celebrated their birthday.*
each + nom singulier	chaque	***Each** guest got a present.*
every + nom singulier	tous	***Every** student passed the test.*
most + nom pluriel	la plupart	***Most** girls wear make-up.*
all	tous	***All** stories have a happy ending.*
either... or	soit... soit...	***Either** John **or** Lisa can sit at the front.*
neither... nor	ni... ni...	***Neither** my father **nor** my mother can speak German.*

Mémo'Quiz

Choisissez le quantifieur qui convient.

1. *He was the .... love of her life.*
a. *one* **b.** *all* **c.** *most*

2. .... *he nor she had a clue.*
a. *Either* **b.** *Each* **c.** *Neither*

3. *I didn't make .... mistakes in my essay.*
a. *much* **b.** *many* **c.** *plenty*

4. *How .... money do you need?*
a. *many* **b.** *few* **c.** *much*

5. *They're twins and they .... dress in black.*
a. *both* **b.** *all* **c.** *neither*

➜ corrigés p. 105

L'adjectif et les noms composés

20

Lue Relue Apprise

En anglais, l'adjectif détermine le nom qui se trouve à sa droite.

1 L'adjectif

A Règles générales

- L'adjectif est **invariable** en anglais.

*I have a **beautiful** house. I have **beautiful** houses.*

- L'adjectif se place toujours **à gauche du nom qu'il qualifie.**

*They have **long** shirts.*

- L'ordre des adjectifs va **du moins objectif au plus objectif** : jugement, taille, âge, couleur, nationalité.

She is a beautiful tall British woman.

B Adjectifs en *-ed* et en *-ing*

- Certains adjectifs sont des participes passés à sens passif. Ils se terminent par *-ed*.

*I am disappoint**ed** in you.* ➜ je suis déçu : sens passif.

- Certains adjectifs sont des participes présent à sens actif. Ils se terminent par *-ing*.

*This trip was really tir**ing**.* ➜ ce voyage m'a épuisé : sens actif.

2 Les adjectifs suivis d'une préposition

Prépositions	Adjectifs	Exemples
about	*crazy, happy, wrong*	*He is **crazy about** her.*
at	*bad, good, surprised*	*I'm so **bad at** math!*
for	*responsible, sorry*	*I'm **sorry for** your loss*
from	*different, separate*	*The twins are **different from** their sister.*
in	*interested, disappointed*	*I'll never be **disappointed in** you.*
of	*afraid, ashamed, tired*	*He is **ashamed of** his shoes.*
on	*dependent, keen*	*He is **dependent on** his parents for food.*
to	*contrary, important, inferior, new*	*This subject is **important to** me.*
with	*pleased, concerned, angry*	*I'm **pleased with** the news.*

3 Les noms composés

A L'ordre et le sens des mots composés

- Dans un nom composé, le premier élément précise le sens du second.
- Le second élément est donc le mot le plus important. C'est la **caractéristique principale de l'objet** ou de l'élément désigné.

*a train **station*** une gare
*a tea**cup*** une tasse à thé
*a horse **race*** une course de chevaux
*a race**horse*** un cheval de course

remarque
Le trait d'union est de moins en moins utilisé en anglais.

B Le pluriel des noms composés

- Au pluriel, c'est **l'élément le plus important** qui prend la marque du pluriel. Ce n'est pas forcément le dernier mot.

*brother**s**-in-law, apple pie**s**, teacup**s**.*

Mémo'Quiz

Comment traduire les expressions en gras ?

1. C'est une **jolie petite ville.**
a. *nice little town* **b.** *little nice town* **c.** *little town nice*

2. Elle a **de grand yeux bleux et brillants.**
a. *shiny blue big eyes* **b.** *blue big shiny eyes* **c.** *shiny big blue eyes*

3. Je suis intéressé **par cet emploi.**
a. *by this job* **b.** *about this job* **c.** *in this job*

4. Quelle **jolie tasse à café** !
a. *pretty cup coffee* **b.** *pretty coffee cup* **c.** *coffee pretty cup*

5. Elle a deux parents et deux **beaux-parents.**
a. *parents-in-law* **b.** *parents-in-laws* **c.** *parent-in-laws*

➜ corrigés p. 105

La comparaison

Lue Relue Apprise

21

En anglais, l'adjectif peut être mis au comparatif et au superlatif.

1 Le comparatif

A Pour comparer deux éléments

- **Comparatif d'infériorité** : *less* + adjectif (+ *than*).

*John is **less handsome than** his brother.*

- **Comparatif d'égalité** : *as* + adjectif + *as*.

*Cats are **as faithful as** dogs.*

- **Comparatif de supériorité** : il se construit différemment selon que l'adjectif est considéré comme court ou long.

Type d'adjectifs	Comparatif de supériorité	Exemple
Adjectifs courts (1 ou 2 syllabes)	adjectif + *-er* (+ *than*)	*It is **hotter** in Australia **than** in France.*
Adjectifs courts se terminant en *-y*	Adjectif sans *y* + *-ier* (+ *than*)	*I am much **happier** now.*
Adjectifs longs (2 syllabes et plus)	*more* + adjectif (+ *than*)	*Flying first class is **more comfortable than** flying economy.*

B Pour exprimer une amplification

- Pour exprimer une **amplification**, on utilise l'adjectif au comparatif.

Type d'ajectif	Formation	Exemple
De plus en plus (adjectif court)	adj. + *-er* + *and* + adj. + *-er*	*The plane is flying **higher and higher**.*
De plus en plus (adjectif long)	*more and more* + adj.	*Studies get **more and more expensive**.*
De moins en moins	*less and less* + adj.	*Becoming rich gets **less and less easy**.*

- Pour exprimer un **effet d'entraînement**, on peut également utiliser le comparatif : *the more..., the more... ; the less..., the less...*

***The less** nice you are, **the fewer** friends you have.*

Moins tu es sympa, moins tu as d'amis.

2 Le superlatif

A Formation du superlatif

- **Superlatif d'infériorité** : *the least* + adjectif.

*He is **the least generous** man I have ever met.*

- **Superlatif de supériorité :**

Type d'adjectifs	Superlatif de supériorité	Exemple
Adjectifs courts (1 ou 2 syllabes)	*the* + adjectif + *-est*	*Superman is **the bravest** of all superheroes.*
Adjectifs se terminant par *-y*	*the* + adj. sans *y* + *-iest*	*She is the luck**iest** girl I have met.*
Adjectifs longs (2 syllabes et plus)	*the most* + adjectif	*Uluru is **the most beautiful** site I've ever seen.*

B Utiliser le superlatif dans une phrase

- On utilise le superlatif lorsqu'on situe la comparaison dans un lieu :

*He is the best doctor **in town**.*

- Dans les autres cas, on peut utiliser la préposition ***in*** ou ***of*** :

*She is the most talented painter **of/in the family.***

3 Cas particuliers

- **Adjectifs irréguliers** :

good ➜ *better than* ➜ *the best*
bad ➜ *worse than* ➜ *the worst*
far ➜ *further than/farther than* ➜ *the furthest/the farthest*

- ***rather than*** (plutôt que) est une expression construite comme du comparatif : *He wants to go to bed **rather than** watch TV.*

Mémo'Quiz

Choisissez la bonne forme de comparatif.

1. *I bought .... phone available. **(new)***

2. *This is .... news I've heard! **(incredible)***

3. .... *I work **(good)**,* .... *it gets. **(easy)***

➜ corrigés p. 105

Les pronoms

Lue Relue Apprise

22

Les pronoms sont des éléments essentiels du groupe nominal. Ils peuvent être sujet ou complément.

1 Les pronoms personnels sujets et compléments

- Un pronom remplace un nom.

***Sheila** won the first prize.* → ***She** won the first prize.*

- **Un pronom sujet n'est jamais omis en anglais.**
- **Un pronom complément** se place après le verbe.

*I like **chocolate**.* → *I like **it**.*

Sujet	Complément
I	*me*
you	*you*
he	*him*
she	*her*
it	*it*
we	*us*
they	*them*

remarque

Bien connaître les pronoms est essentiel lors du passage au **discours indirect** (voir Fiche 28).

*"Give **me** the key", **she** asked.*
→ *She asked me to give **her** the key.*

2 Les pronoms personnels réfléchis

- Les pronoms personnels réfléchis s'utilisent quand **une même personne** ou une même chose est **à la fois sujet et complément du verbe**.

*I am looking at **myself**.* → c'est moi, sujet de la phrase, que je regarde.
***They** are enjoying **themselves**.* → c'est eux-mêmes, sujets de la phrase, qu'ils amusent.

Pronoms personnels réfléchis	
Sujet	**Complément**
I	*myself*
you	*yourself/yourselves*
he	*himself*
she	*herself*
it	*itself*
we	*ourselves*
they	*themselves*

3 Les pronoms réciproques : *each other/one another*

- Les **pronoms réciproques** servent à exprimer l'**échange entre deux sujets** au moins.
- Ils renvoient donc à un sujet au pluriel.

They kissed ***each other****.* → ils se sont embrassés.
They lied to ***one another****.* → ils se sont menti l'un à l'autre.

piège à éviter

Ne pas confondre :
They killed ***themselves****.*
Ils se sont suicidés.
≠ *They killed* ***each other****.*
Ils se sont entretués.

4 Les pronoms démonstratifs : *this/these, that/those*

- ***This*** et ***that*** s'emploient **en remplacement d'un nom, d'une situation** et peuvent se mettre au pluriel : ***these*** et ***those***.
- ***This/these*** exprime la **proximité** temporelle ou spatiale, alors que ***that/those*** exprime l'**éloignement**.

remarque

That/those, puisqu'ils expriment l'éloignement, peuvent être **péjoratifs**.
I don't want you to talk to ***those*** *boys.*

Is ***this*** *your coat?* → ce manteau-ci, que l'on montre : proximité.
Now ***that*** *was stupid!* → c'était vraiment idiot, je ne suis pas d'accord : éloignement.
These *shoes are really nice!* → ces chaussures, je les vois : proximité.

Mémo'Quiz

Choisissez le pronom approprié.

1. Ils aiment bien s'écouter parler.
a. *themselves* **b.** *each other* **c.** *one another*

2. Je l'ai vu moi-même.
a. *me* **b.** *myselves* **c.** *myself*

3. Je ne veux pas que tu fréquentes cette fille.
a. *this* **b.** *that* **c.** *those*

4. Aimons-nous les uns les autres.
a. *ourselves* **b.** *each other* **c.** *one another*

→ corrigés p. 106

La possession

Lue Relue Apprise

23

Pour exprimer la possession en anglais, l'énonciateur dispose du génitif et des adjectifs et pronoms possessifs.

1 Le génitif

A Quand et comment utiliser le génitif ?

- Le génitif marque un **lien de possession ou de parenté** entre deux éléments grâce à **'s** ou **'**. Le premier élément détermine le second.
- On met **'s** pour tous les noms, sauf pour les noms pluriels se terminant par -**s** où l'on met l'apostrophe seul :
  - nom singulier : *The boy**'s** cap is cute* ;
  - nom singulier se terminant en -*s* : *James**'s** shoes are muddy* ;
  - nom pluriel : *My brothers**'** clothes are on the floor* ;
  - nom pluriel irrégulier : *The children**'s** room is messy.*
- Le génitif ne s'emploie que si le premier élément est un animé (humain ou animal) :

*the dog**'s** tail*

remarque

C'est *whose* qui sert à interroger sur la possession.
Whose dog is it? À qui appartient ce chien ?

attention

Quand on parle de l'**œuvre d'un auteur**, on utilise la préposition *by* :
un film d'Hitchcock
→ *a film **by** Hitchcock*
une chanson de Madonna
→ *a song **by** Madonna*

- Si le premier élément n'est pas animé, on peut employer ***of*** ou un **mot composé** (voir Fiche 20) pour traduire le lien entre les deux :

*the window **of** my bedroom* la fenêtre de ma chambre
a garage door une porte de garage

B Le génitif avec plusieurs possesseurs

- Avec **plusieurs possesseurs pour un seul élément**, on met la marque du génitif sur le dernier possesseur :

*John and Bart**'s** cat* le chat de John et de Bart

- Avec **plusieurs possesseurs pour plusieurs éléments**, on met la marque du génitif sur tous les possesseurs :

*Mark**'s** and Peter**'s** desks* les bureaux de Mark et Peter → le bureau de Mark et le bureau de Peter.

2 Les adjectifs et pronoms possessifs

- Les **adjectifs possessifs** se mettent devant un nom. Ils s'accordent en genre et en nombre avec le possesseur (et pas avec le nom qu'ils précèdent).

Sophie*'s husband* → ***her*** *husband*
Paul*'s pets* → ***his*** *pets*

- Les **pronoms possessifs** sont formés sur les adjectifs possessifs et **remplacent le nom**. Ils permettent donc d'éviter les répétitions.

These books are ***my books****.* → *These books are* ***mine****.*
Take the ball, it's ***your ball****.* → *Take the ball, it's* ***yours****.*

remarque

On emploie fréquemment les adjectifs possessifs devant les **parties du corps** et les **vêtements**.

He broke ***his*** *leg.*
I always wash ***my*** *hands before eating.*

Sujet	Adjectif possessif (+ nom)	Pronom possessif
I	*my*	*mine*
you	*your*	*yours*
he	*his*	*his*
she	*her*	*hers*
it	*its*	*its*
we	*our*	*ours*
they	*their*	*theirs*

Mémo'Quiz

Complétez les phrases en exprimant correctement la possession.

1. *John .... house is at the end of the street.*
2. *.................... dog is more aggressive than ....*
3. *The twins .... bedroom is a real mess.*
4. *We made this cake, it's ....!*
5. *Louis .... father is a scientist.*

→ corrigés p. 106

Poser une question

24

Lue Relue Apprise

Pour poser une question en anglais, il faut être attentif à l'ordre des mots et au choix du pronom interrogatif.

1 Les phrases interrogatives

- En principe, une question en anglais se compose ainsi :

(Pronom interrogatif +) auxiliaire + sujet + base verbale (+ complément) + ?

- L'ordre sujet/auxiliaire ou sujet/verbe est **inversé.**

*Where **did you** go last night?*

- **L'auxiliaire porte le temps de la question.** Il peut s'agir des auxiliaires *be* et *have*, mais aussi des auxiliaires de modalité.

***Can** you **tell** me where to find the cathedral?*
***Had** you already **seen** this play when we attended it?*

- Les questions qui commencent par un pronom interrogatif peuvent être en *Wh-* ou en *How* + adjectif.

conseil

Pour passer une phrase interrogative au **discours indirect**, voir Fiche 28.

2 Les questions en *Wh-*

- Les **questions en *Wh-*** sont des questions ouvertes qui demandent une **précision**.
- Le choix du pronom interrogatif dépend de ce sur quoi porte la question.

attention

Avec ***who***, il n'y a **pas d'inversion sujet/verbe**.

***Who invented** the engine?*

Mot interrogatif	Objet de la question	Exemple
What	objet	*What did you get for Christmas?*
When	moment	*When were you born?*
Where	lieu	*Where do you go to school?*
Who	personne	*Who is she married to?*
Which	choix restreint	*Which tie do you prefer: the blue one or the red one?*
Why	raison	*Why is she missing today?*
Whose	possession	*Whose car is this?*
What ... like	apparence	*What does his brother look like?*
What ... for	but	*What did you buy this book for?*

3 Les questions en *How* + adjectif

- Les **questions en *How* + adjectif** sont des questions ouvertes qui portent sur une **quantité** (de temps, de distance, d'argent...).
- Le choix du pronom dépend de la nature de la quantité demandée.

Mot interrogatif	Objet de la question	Exemple
How long	durée	*How long does the flight last?*
How far	distance	*How far is the Statue of Liberty from the hotel?*
How much	prix	*How much are these glasses?*
How high	hauteur	*How high is the Empire State Building?*
How old	âge	*How old is your sister?*
How often	fréquence	*How often do you go to soccer practise?*
How tall	taille	*How tall are you?*

4 Les *question tags*

- Les *tags* sont très utilisés dans les dialogues en anglais. Il n'y a pas réellement d'équivalent en français.
- Les *tags* se construisent avec une reprise de l'auxiliaire + pronom.
- On utilise les *tags* :
  – pour s'assurer que l'interlocuteur est d'accord avec nous :
  *These flowers are beautiful, **aren't they?***
  – pour vérifier qu'on a raison :
  *He left the country, **didn't he?***
  – pour exprimer la surprise dans un énoncé séparé :
  *I love English football. –**Do you?***

Mémo'Quiz

Posez la question sur l'élément souligné.

1. *I went out to fetch some butter.*

2. *I go to the cinema once a month.*

3. *I prefer the blue colour on the rainbow.*

4. *I will stay in London for 3 weeks.*

5. *Jay Atkins leaves here.*

→ corrigés p. 106

La proposition relative

25

Lue Relue Apprise

La proposition relative est une proposition qui vient compléter la principale.

1 Les pronoms relatifs

A Comment choisir le bon pronom ?

- Un pronom relatif **remplace un nom ou un groupe nominal antécédent**. Il introduit la proposition relative.
- Le choix du pronom relatif dépend de deux éléments :
  - si l'antécédent est un **humain** ou un **non humain** ;
  - si le pronom est **sujet** ou **complément** de la relative.

B Pronoms sujets : *who* et *which*

- *Who* et *which* sont les pronoms relatifs sujets. Ils désignent le **sujet** de la proposition relative.
- **On ne peut pas supprimer les pronoms sujets** dans la phrase.
- ***Who*** s'utilise **pour un humain**.

*He is the actor **who** won the Oscar last year.* → *who* est le sujet de *won*.

- ***Which*** s'utilise **pour un non humain** (animal, objet, situation).

*This is the book **which** costs so much.* → *which* est le sujet de *costs*.

C Pronoms compléments : *whom, that, Ø, which*

- *Whom*, *which* et *that* désignent le complément de la proposition relative.
- **On peut supprimer le pronom relatif complément**. En général, on le conserve dans un énoncé au registre soutenu.
- ***Whom, that* ou Ø** (absence de pronom) s'utilisent pour un **humain** :

*The man **whom** I married is called Sebastian.* = *The man **Ø** I married is called Sebastian* → *whom* est complément de *marry*.

- ***Which, that* ou Ø** (absence de pronom) s'utilisent pour un **non humain** :

*The cat **that** I found escaped again* = *The cat **Ø** I found escaped again.*

D *Whose*

On utilise le pronom relatif *whose* dans une relative qui marque la **possession**, la parenté.

*The little boy **whose** pacifier fell is crying.*
→ c'est la sucette du petit garçon.

remarque

La relative peut aussi être introduite par un **adverbe relatif** : *The school **where** I study was built in 1925.*

2 Relative déterminative et relative appositive

A Relative déterminative : *that* ou Ø

● Lorsque la relative **permet d'identifier l'antécédent**, on dit qu'elle est **déterminative**. Elle est nécessaire pour la compréhension de la phrase.

● Elle est introduite par *that* ou Ø (absence de pronom).

*The film **that I saw yesterday** was really moving.* ➜ sans la relative, on ne peut pas savoir de quel film il s'agit.

B Relative appositive : *who, which, whom, whose*

● Lorsque la relative apporte une **information complémentaire** sur l'antécédent, on dit qu'elle est **appositive**. Elle n'est pas essentielle pour comprendre la phrase. Elle est placée entre virgules.

● On choisit le pronom relatif selon que l'antécédent est un **humain ou non**, et selon la **fonction du pronom** dans la relative.

*The children, **who** were dirty, were playing in the street.* (pronom sujet, antécédent humain)

remarque

What peut aussi être un démonstratif relatif :

***What surprised me** was the dirty streets there.*

➜ ce qui m'a surpris.

	Type d'antécédent	
Fonction du pronom	**Antécédent humain**	**Antécédent non humain**
Sujet	*who*	*which*
Complément	*whom*	*which*
Possession, parenté	*whose*	*whose*

Mémo'Quiz

Choisissez le pronom relatif qui convient.

1. .... *was scary, was that it was totally dark in there.*
a. *what* **b.** *which* **c.** Ø

2. *This is the horse* .... *has won many competitions.*
a. Ø **b.** *which* **c.** *whose*

3. *The girl* .... *I bumped into is Mary's sister.*
a. *that* **b.** *whom* **c.** Ø

➜ corrigés p. 106

Les structures résultatives
Le passif

26

Lue Relue Apprise

En anglais, le rapport entre le moyen et le résultat s'exprime de façon inverse du français. La voix passive sert à mettre en lumière l'objet de l'action.

1 Les structures résultatives

A Pour traduire la manière de se déplacer

- En anglais, **le verbe indique de quelle façon on se déplace** et le déplacement est indiqué à l'aide d'une préposition.
- L'ordre des mots est donc différent du français, où c'est le déplacement qui est exprimé à l'aide du verbe.

*He **swam** across the river.* Il traversa la rivière **à la nage**.
➜ le verbe anglais (*swam*) traduit le moyen (à la nage) et *across* traduit le déplacement (traverser).

*He **flew** around the world.* Il a fait le tour du monde **en avion**.

*She **ran** out.* Elle est sortie **en courant**. (et non « elle a couru dehors »)

B Pour traduire le résultat d'une action

- L'ordre des termes est **chronologique** en anglais : **l'action précède le résultat**.
- C'est l'inverse du français où l'on indique d'abord le résultat, puis comment il a été obtenu.

*The noise **scared** him stiff.* ➜ On exprime d'abord l'effroi (*scared*), puis le résultat : cela le paralyse (*stiff*).

Le bruit le paralysa **de frayeur**. ➜ On indique d'abord le résultat avec le verbe (« le paralysa ») puis ce qui l'a provoqué (la frayeur).

*They **starved** to death.* Ils moururent **de faim**.

2 Le passif

A Formation de la voix passive

- Le passif se forme avec : **auxiliaire *be* conjugué + participe passé** du verbe. L'auxiliaire *be* peut être conjugué à tous les temps.
- Avec un **auxiliaire de modalité**, la construction est :
auxiliaire de modalité + *be* + participe passé du verbe.

*I **can clean** the attic.* ➜ *The attic **can be cleaned**.*

- Le **complément d'agent** (celui qui fait l'action) est introduit par ***by***.

Temps	Forme active	Forme passive
Présent	*John* ***eats*** *an apple.*	*The apple* ***is eaten*** *by John.*
Prétérit	*Kate* ***kidnapped*** *the dog.*	*The dog* ***was kidnapped*** *by Kate.*
Futur	*Mary* ***will read*** *the book.*	*The book* ***will be read*** *by Mary.*
Present perfect	*Mark* ***has emptied*** *the dishwasher.*	*The dishwasher* ***has been emptied*** *by Mark.*

B Quand et comment utiliser le passif ?

- Pour **mettre en avant l'objet de l'action** :

The speech *was made by the chairman.*
→ *the speech* est en début de phrase, donc considéré comme le mot important du message.

- **Quand on ignore qui fait l'action, ou quand cette information n'est pas importante** :

Denzel Washington ***was awarded*** *an Oscar.*
→ ce qui est important ici, ce n'est pas qui a donné l'Oscar, mais le nom de l'acteur qui l'a reçu.

- ***by*** **introduit la personne qui fait l'action** lorsque cette personne présente un intérêt (elle est célèbre, a une fonction particulière...).

He was honoured ***by the President****.* Il a été décoré **par le Président**.

remarque

Le passif est souvent traduit par « On » en français.
He was handed *a leaflet in the street.* **On lui a tendu** un prospectus dans la rue.

Mémo'Quiz

Traduisez les phrases suivantes avec les expressions appropriées.

1. Il s'est endormi en pleurant. *He* .... *himself* ....

2. Elle a ouvert la porte d'un coup de pied. *She* .... *the door* ....

3. Nous nous ennuyons à mourir. *We are* ....

Mettez le verbe à la voix passive.

1. *Meg drives the car today. The car* .... *Meg.*

2. *They have taken the red file. The red file* .... *them.*

3. *Will Sam clean the house?* .... *the house* .... *Sam?*

→ corrigés p. 106

L'infinitif
Les propositions infinitives

27

Lue Relue Apprise

L'infinitif existe sous deux formes : avec ou sans *to*. On l'utilise entre autres dans les propositions infinitives, très courantes en anglais.

1 L'infinitif

A L'infinitif complet (avec *to*)

- L'infinitif avec *to* introduit les **propositions infinitives**.
- **L'infinitif avec *to*** s'emploie après de nombreux verbes qui impliquent qu'on se réfère à des actions à venir : verbes exprimant l'attente, un ordre, une volonté, une préférence, un but, une invitation à l'action...

*They **want** us to leave sooner.* Ils veulent qu'on parte plus tôt.

B L'infinitif sans *to* (ou base verbale)

- On l'utilise après les auxiliaires de modalité :

*Can you **come** with me?*
*They must **open** the store at 8.*

- On l'utilise dans des questions commençant par *why*, et qui n'ont pas de sujet.

Why not go to the cinema tonight?
Why wait?

- On l'utilise avec les verbes *make* et *let* :

*They **made** me **wear** this ridiculous hat.* Ils m'ont fait porter ce chapeau ridicule.
*They **let** me **stay** out until midnight.* Ils m'ont laissé sortir jusqu'à minuit.

2 La proposition infinitive

A Formation d'une proposition infinitive

- La proposition infinitive se construit avec :

sujet + verbe + complément d'objet + infinitif avec *to*.

- À la forme négative, on utilise ***not to* + base verbale :**

*He asked me **not to repeat his secret.***

- Elle peut être introduite par les prépositions de but : *to, in order to, so as to* (dans le but de) :

*I learnt the dates **so as not to fail the test.***

B Pour exprimer un ordre, une volonté, une préférence

La proposition infinitive s'emploie après les verbes exprimant un ordre, une volonté, une interdiction, une préférence.

She told me ***to wait****. She'd prefer me* ***to sit somewhere else****.*
The teachers don't allow us ***to chew gum in class****.*

C Pour inviter à agir, exprimer une attente ou un but

● Pour inviter à accomplir une action :

The teacher taught us ***to sing****.*
He asked us ***to come****.*

● Après des verbes exprimant l'attente :

He was expected ***to succeed****.*

● Pour exprimer le but. Elle peut alors être introduite par une préposition :

They worked all night ***so as to be ready on time****.* → dans le but d'être prêts.

D La préposition *for*

On utilise *for* dans une proposition infinitive qui exprime l'attente ou le but lorsque la phrase a **deux sujets différents**.

I was waiting ***for her to answer my question****.* → *I* = sujet de la principale, *her* = sujet de l'infinitive. J'attendais qu'elle réponde à ma question.

I brought this record ***for you to listen****.* → *I* = sujet de la principale, *you* = sujet de l'infinitive. J'ai apporté ce disque pour que tu l'écoutes.

Mémo'Quiz

Traduisez avec une proposition infinitive.

1. On s'attend à ce qu'il gagne. *He* ....

2. Elle m'a demandé de revenir. *She asked me* ....

3. Ils m'ont conseillé d'essayer à nouveau.
They advised me ....

4. Il m'a suppliée de ne pas abandonner.
He begged me ....

5. J'ai emprunté ce livre pour que tu le lises.
I borrowed this book ....

→ corrigés p. 106

Le discours indirect

28

Lue Relue Apprise

Le discours indirect permet de rapporter des paroles dans une subordonnée introduite par un verbe de discours.

1 La concordance des temps

● **Le verbe introducteur est au passé** (*he asked..., they told me...*), puisqu'on rapporte des paroles déjà prononcées. Il faut donc modifier le temps de tous les verbes de la phrase.

● Lors du passage du style direct au style indirect, il faut **respecter la concordance des temps**.

attention

Les **auxiliaires de modalité** sont invariables : au discours indirect, il faut **utiliser leurs équivalents** (voir Fiche 13).

*You **must** leave now.*

➜ *He told her she **had to** leave now.*

Temps au discours direct	Temps au discours indirect	Exemple	
		Discours direct	**Discours indirect**
présent	prétérit	*"I **love** her."*	*He said he **loved** her.*
futur	conditionnel	*"I **will go** to the cinema with you."*	*He said he **would go** to the cinema with him.*
present perfect	*past perfect*	*"I **have been** to Egypt three times."*	*He said he **had been** to Egypt three times.*

2 Changements à effectuer dans la phrase

A Les pronoms

	Discours direct	Discours indirect
Pronoms sujets	*I, you* (sing.)	*she / he*
	we, you (pluriel)	*they*
Pronoms compléments	*me, you* (sing.)	*her / him*
	us, you (pluriel), *them*	*them*
Adjectifs possessifs	*my, your* (sing.)	*her / his*
	our, your (pluriel), *their*	*their*

*She said: « **I** really like **my** new car. **I'm** so happy **you** bought it for **me**, John! »*

➜ ***She** said **she** really liked **her** new car and that **she** was really happy **he** had bought it for **her**.*

B Les informations spatiales et temporelles

- Au discours indirect, on **prend de la distance** par rapport à l'énoncé au discours direct : *here* devient *there*, *this* devient *that*, *come* devient *go*.

*« We live in London now. **Come** visit us **here**! »*
➜ *They said they lived in London now and he should **go** visit them **there**.*

- Les informations temporelles doivent être adaptées :

Discours direct	Discours indirect
yesterday	*the day before*
ago	*before*
last day / last year	*the day before / the year before*
today	*on that day*
now	*then*
tomorrow	*the next day*
next day / next year	*the following day / the following year*

exemple

*"I ate pizza **yesterday**"*
➜ *She reminded him she had eaten pizza **the day before**.*

3 Les interrogatives indirectes, les ordres

- **Lorsqu'on rapporte une interrogation**, il n'y a **pas d'inversion sujet/verbe** (contrairement à une question dans le style direct).

« Where is Brian? » ➜ *He wondered **where Brian was.***

- Pour rapporter **un ordre**, le verbe introducteur doit exprimer un ordre ou un conseil.

« Wait. » ➜ *He **told** me to wait.*

attention

Say et ***tell*** (dire) s'utilisent différemment en anglais :
– ***say that*** + subordonnée ;
– ***tell someone that*** + subordonnée.
*He **said that** he was hungry.*
*He **told her that** she was fired.*

Mémo'Quiz

Complétez les phrases au discours indirect. Attention à la concordance des temps !

1. *"I have never visited the Costwolds".*
He told me he .... the Cotswolds.

2. *"They love chocolate". He said they .... chocolate.*

3. *"Where have they been?". She wondered where ....*

➜ corrigés p. 106

Verbes à particules ou prépositions / Verbes + *V-ing*

29

Lue Relue Apprise

Certains verbes sont suivis d'une préposition ou de la forme en *-ing*. Les verbes à particules (*phrasal verbs*) ont un sens particulier.

1 Verbes à particules (*phrasal verbs*)

A Caractéristiques

- Ces verbes sont **inséparables de leur particule**, car la particule modifie le sens du verbe :

To put : mettre, mais *to put off* : remettre à plus tard

- **Dans une phrase avec complément**, la particule peut se mettre soit avant, soit après :

*Please **switch off** the television. Please **switch** the television **off**.*

- **Avec un pronom**, la particule se place obligatoirement après :

*Please **switch** it **off**.*

B Principaux verbes à particules

bring about provoquer
come across rencontrer par hasard
walk across traverser
get along bien s'entendre
take away emporter
get away s'échapper
give away trahir
put away ranger
call back rappeler
hold back retenir
break down tomber en panne/faire une dépression
calm down se calmer
let down décevoir
look down on mépriser
get in entrer/monter en voiture
carry on, go on continuer
take off enlever/décoller (avion)
turn off, switch off éteindre
put off remettre à plus tard
turn on, switch on allumer
get on bien s'entendre avec quelqu'un
break out se déclencher (guerre)
carry out réussir
make out comprendre
stand out se détacher
get over se remettre
run over écraser
turn over retourner
take over prendre la main
look round se retourner
go through parcourir (un document)/traverser
sit through rester jusqu'au bout
break up séparer
give up renoncer
look up vérifier dans le dictionnaire

2 Verbes suivis de prépositions

A Caractéristique

La préposition se place toujours **après le verbe**, même avec un complément.

She looked ***after*** *her brother. She looked* ***after*** *him.*

B Principaux verbes suivis de prépositions

to look after s'occuper de
to look at regarder
to ask for demander
to account for expliquer
to ask for demander
to pay for payer
to suffer from souffrir de
to accuse of accuser
to approve of approuver
to think of penser
to agree with être d'accord avec
to reproach with reprocher de

3 Verbes suivis de *V-ing*

A Caractéristique

La forme *V+-ing* contient une action déjà connue de l'énonciateur : *There is no point* ***denying.***

➜ pas besoin de nier, car je connais la vérité.

ne pas confondre

used to **+ base verbale**
They ***used to live*** *here.*
➜ ils vivaient ici, avant.
≠
be used to **+ *V-ing***
We ***are used to living*** *here.*
➜ on est habitués à vivre ici.

B Principaux verbes suivis de *V-ing*

avoid éviter
can't bear/stand ne pas supporter
can't help ne pas pouvoir s'empêcher
enjoy aimer
feel like avoir envie de
hate détester
like, love aimer
not to mind ne pas être gêné par
remember se souvenir
stop arrêter

Mémo'Quiz

Remplacez le complément souligné par un pronom, en effectuant les changements nécessaires.

1. *Put the magazine away.* ....

2. *Get off this bike.* ....

3. *He couldn't hold back his tears.* ....

4. *You need to get over this boy.* ....

➜ corrigés p. 106

Fictions and Reality

30

Lue Relue Apprise

A Heroism – L'héroïsme

a hero, a heroine	un héros, une héroïne
an icon	une idole, une icône
a superman	un surhomme
a feat	un exploit, une prouesse
an achievement	un exploit, une réussite
a personality trait	un trait de caractère
a character	un personnage
a vocation, a mission	une vocation, une mission
ability	la capacité
exceptional	exceptionnel
well-known	connu
famous	célèbre
successfully	avec succès
to praise (syn : *to rave over)*	louer, faire l'éloge
to admire	admirer
to contribute to	contribuer à quelque chose
to pretend to be	se faire passer pour
to support	soutenir

B War – La guerre

a full-scale operation	une opération d'envergure
a full scale offensive	une offensive de grande envergure
a resistance fighter, a partisan	un résistant
a resistance movement	un mouvement de résistance
a warring country	un pays en guerre
to fight a battle	livrer une bataille
a counterattack	une contre-attaque
a shoot-out	une fusillade
a sniper	un sniper
a suicide bomber	un kamikaze
to ambush	tendre une embuscade
to launch a strike	déclencher une attaque
to raise an army	lever une armée
the allies	les alliés

• *to ally oneself to*	s'allier à
• *to stand by one's allies*	se tenir aux côtés de ses alliés
• *to declare war on*	déclarer la guerre à
• *war breaks out*	la guerre éclate
• *to take up arms*	prendre les armes
• *to make war on*	faire la guerre à
• *to be at war with*	être en guerre contre
• *to defeat an army*	vaincre une armée
• *to suffer a defeat*	subir une défaite
• *to vanquish*	vaincre
• *to win the war*	gagner la guerre
• *to rescue*	sauver quelqu'un
• *to confront*	affronter, confronter
• *to overcome (an obstacle)*	surmonter (un obstacle)
• *to win a battle*	emporter, gagner une bataille
• *to surrender*	se rendre
• *to capitulate*	capituler

C Ethics, morals – La morale

• *evil*	le mal (au sens moral)
• *good*	le bien
• *a moral stance*	une position morale
• *a tenet*	un principe, une doctrine
• *a lapse of judgement*	un écart de jugement
• *an error of judgement*	une erreur de jugement
• *a misdemeanour*	un écart de conduite
• *a misdemeanour*	un délit mineur
• *professional misconduct*	une faute professionnelle
• *unethical conduct*	une conduite immorale
• *to get involved with*	s'impliquer dans
• *to condemn*	condamner (moralement)
• *to convict*	condamner (juridiquement)
• *to stand up for (a principle)*	défendre (un principe)
• *to stick to one's principles*	rester fidèle à ses principes
• *to speak out on behalf of*	parler au nom de
• *to preach justice*	prêcher la justice
• *to circumvent the law*	contourner la loi
• *to clean up*	purifier, mettre de l'ordre

Private Space, Public Space (1) 31

Lue Relue Apprise

A Urban life – L'environnement urbain

• *to urbanise*	urbaniser
• *urbanisation*	l'urbanisation
• *a dormitory, a bedroom community*	une ville-dortoir
• *a slum, a shanty town*	un bidonville
• *the inner city, the ghetto*	les quartiers défavorisés du centre-ville
• *suburbs*	la banlieue souvent plutôt riche dans les pays anglophones
• *outskirts*	la périphérie
• *council flats* (UK), *the projects* (US)	des HLM
• *a hovel*	un taudis
• *squalid*	sordide
• *to crumble*	tomber en ruines
• *decrepit*	délabré
• *to fall into decay*	se délabrer
• *a vacant land*	un terrain vague
• *to erect, to put up a building*	construire un bâtiment
• *to refurbish, to rehabilitate*	rénover
• *slum upgrading*	la réhabilitation des ghettos
• *suburbanisation*	l'extension des banlieues
• *urban migration*	l'exode rural

B Politics – La politique

• *politician*	un homme/une femme politique
• *a policy*	une politique
• *foreign policy*	la politique étrangère
• *domestic policy*	la politique intérieure
• *to go into politics*	entrer en politique
• *a public servant, state employee*	un fonctionnaire
• *an office holder*	un élu
• *a statesman*	un homme d'État
• *a head of state*	un chef d'État
• *a mayor*	un maire
• *town hall, city hall*	la mairie

• *to rise to the top*	accéder au sommet
• *to be thrust into prominence*	être projeté sur le devant de la scène
• *to be power-hungry*	avoir soif de pouvoir
• *to seize power*	s'emparer du pouvoir

C Government – Le gouvernement

• *the head of government*	le chef du gouvernement
• *the Prime Minister*	le premier ministre
• *a ministry* (UK), *a department* (US)	un ministère
• *a minister*	un ministre
• *a junior minister*	un secrétaire d'État
• *to set up a government*	former un gouvernement
• *to appoint a minister*	nommer un ministre
• *to vest power in*	investir d'un pouvoir
• *to rule*	diriger
• *to take a course of action*	choisir une ligne de conduite

D Dictatorship – La dictature

• *a dictator*	un dictateur
• *a tyrant*	un tyran
• *totalitarian*	totalitaire
• *to oppress*	opprimer
• *to be downtrodden*	être opprimé
• *to be under the sway of*	être sous le joug de
• *the rule of terror*	le règne de la terreur
• *censorship*	la censure
• *to censor*	censurer
• *to indoctrinate*	endoctriner
• *to lead the country astray*	amener le pays dans une mauvaise direction
• *propaganda*	la propagande
• *abuse of power*	l'abus de pouvoir
• *to overthrow (a government, dictatorship, etc.)*	renverser (un gouvernement, une dictature, etc.)

Private Space, Public Space (2) 32

Lue Relue Apprise

A Scandals – Les scandales

• *a scandal*	un scandale
• *a string of scandals*	une série de scandales
• *to pin a scandal on sb*	attribuer un scandale à qqn
• *to bring out into the open*	révéler au grand jour
• *to blow the lid off*	exposer au grand jour
• *a slush fund*	une caisse noire
• *influence peddling*	le trafic d'influence
• *a whistle-blower*	un dénonciateur
• *a whistle-blower*	qqn qui dénonce qqch de l'intérieur (d'une société, d'un ministère, etc.)
• *a rip-off*	une arnaque
• *to rip off*	arnaquer
• *to fleece*	plumer
• *dishonest*	malhonnête
• *dishonesty*	la malhonnêteté
• *greed*	la cupidité
• *shady*	louche, véreux
• *disreputable*	malhonnête
• *untrustworthy*	indigne de confiance
• *deceitful*	trompeur
• *double-dealing*	fourbe
• *sly*	sournois

B The Press – La presse

• *Fleet Street* (UK)	les milieux de la presse londonienne
• *a lead story*	un article à la une
• *a daily paper*	un quotidien
• *a scandal sheet*	un journal à scandale
• *a tabloid*	un journal à sensation
• *a press agency*	une agence de presse
• *to inform*	informer
• *to spread a message*	diffuser un message
• *to convey a message*	transmettre un message

Private Space, Public Space (2)

• *to sensitise public opinion*	sensibiliser l'opinion publique
• *breaking news*	une info de dernière minute, un flash info
• *to scoop*	publier en exclusivité
• *a scoop*	une exclusivité
• *to expose*	révéler
• *from reliable sources*	de source sûre
• *dependable, reliable*	fiable
• *to speak out against*	s'élever contre
• *to censor*	censurer
• *to gag the press*	baillonner la presse
• *to hush up a scandal*	étouffer un scandale
• *to suppress a paper*	interdire un journal
• *to curtail press freedom*	limiter la liberté de la presse
• *to infringe on liberties*	empiéter sur les libertés
• *to stand up for*	défendre
• *to warn*	avertir
• *to defy*	braver, défier
• *to blackmail*	faire chanter
• *to denounce*	dénoncer
• *to put pressure on sb*	faire pression
• *to weaken*	affaiblir
• *to gossip*	raconter des ragots
• *a gossip*	une commère
• *gossip*	des ragots
• *to slander*	calomnier
• *to bad-mouth (slang)*	médire
• *to pry into sb's privacy*	fouiller dans la vie privée de qqn
• *disclosure*	révélation, divulgation
• *libel*	diffamation
• *a rumour*	une rumeur
• *to oust*	forcer la démission
• *to overstate the case*	exagérer les choses
• *to play up*	dramatiser
• *a tycoon*	un magnat de la presse

Citizenship and Virtual Worlds 33

☐ Lue ☐ Relue ☐ Apprise

A Robotics and Internet – Robotique et Internet

• *a network*	un réseau
• *a software*	un logiciel
• *a mobile phone* (UK), *a cell phone* (US)	un téléphone portable
• *a robot-run industry*	une industrie robotisée
• *a robotic device*	un engin robotisé
• *to automate a factory*	automatiser une usine
• *an automaton*	un automate
• *to be hazard-free, to be risk-free*	être sans danger
• *to give people more leisure time*	donner aux gens plus de loisir
• *to relieve humanity*	soulager l'homme
• *to lighten mankind's burden*	soulager le fardeau de l'homme
• *to set people free*	affranchir les gens
• *two-dimensional*	en 2D
• *three-dimensional*	en 3D
• *achievement*	succès
• *add-on*	module complémentaire
• *bootleg*	copie piratée d'un jeu
• *casual gamer*	joueur occasionnel
• *easter egg*	œuf de Pâques, partie de programme caché
• *gamer*	joueur régulier
• *geek*	as de l'informatique
• *hardcore gamer*	joueur accro
• *joypad, joystick*	manette de jeu
• *newbie, noob*	débutant dans un jeu
• *pro gamer*	joueur professionnel
• *update*	mise à jour

B The Ethics of Progress – Progrès et éthique

• *web censorship*	la censure sur le web
• *technological progress*	les progrès technologiques
• *a surveillance camera*	une caméra de surveillance

Citizenship and Virtual Worlds

• *a threat*	une menace
• *to threaten*	menacer
• *privacy*	la vie privée
• *to launch a cyberattack*	lancer une cyberattaque
• *to monitor*	surveiller
• *to spy on*	espionner
• *hacking*	piratage informatique
• *a fake news, a hoax*	une fausse information
• *a conspiracy theory*	une théorie du complot
• *alarming*	inquiétant
• *disingenuous*	fallacieux
• *personal data*	données personnelles
• *data protection*	protection des données
• *to debunk*	discréditer
• *to warn public opinion*	alerter l'opinion publique
• *an ethical issue*	une question éthique
• *a breach*	une intrusion

Identities and Exchanges

34

Lue Relue Apprise

A Conflictual exchanges – Les échanges conflictuels

• *fraught with danger*	rempli de dangers
• *to stir up violence*	susciter, provoquer la violence
• *to spark*	provoquer
• *to trigger off, to set off*	déclencher
• *to ignite*	mettre le feu aux poudres
• *an outbreak of violence*	une vague de violence
• *an upsurge of violence*	un regain de violence
• *unrest*	de l'agitation, des troubles
• *a protest movement*	un mouvement de protestation
• *to set off protests*	provoquer des manifestations
• *a riot / to riot*	une émeute, manifester violemment
• *an uprising*	un soulèvement, une révolte
• *a demonstration*	une manifestation
• *to demonstrate*	manifester
• *a demonstrator*	un manifestant
• *to hold a demonstration*	organiser une manifestation
• *to call a demonstration*	appeler à manifester
• *a gathering*	un rassemblement
• *to gather*	rassembler
• *a mob*	une foule
• *to mob*	assiéger, assaillir
• *mob rule*	la loi de la rue
• *to denounce*	dénoncer
• *to fear sth*	craindre qqch
• *to loot, to plunder*	piller
• *to ransack, to wreck, to vandalise*	saccager
• *to lead a country into war*	plonger un pays dans la guerre
• *armed struggle*	un conflit armé
• *to rise up against*	se soulever contre
• *to start a rebellion*	déclencher une rébellion
• *to set fire to...*	mettre le feu à...

B Trade – Les échanges commerciaux

to trade in sth	faire commerce de
to do trade with	faire commerce avec
to do business	faire des affaires
trade ties	les liens commerciaux
to export	exporter
exportation	l'exportation, le fait d'exporter
an exporting country	un pays exportateur
to import	importer
import (trade)	l'importation
to compete with	être en concurrence avec
a competitor	un concurrent
free trade	le libre-échange
protectionism, managed trade	le protectionnisme
a tariff barrier, a customs barrier	barrière douanière
to erect trade barriers	ériger des barrières douanières
a trade dispute	un conflit commercial
a trade embargo	un embargo commercial
to blockade	faire le blocus
a blockade	un blocus
fair trade	le commerce équitable
to forge trading links	établir des liens commerciaux

C Travelling – Les voyages

a crossing	une traversée
to set out	se mettre en route
to hit the road	prendre la route
exoticism	le dépaysement
travel gear	l'équipement de voyage
to broaden your horizons	élargir son point de vue
to change your horizons	changer d'horizon, « les voyages forment la jeunesse »
to head (off) for...	se mettre en route pour...
to stray off the beaten track	s'aventurer hors des sentiers battus
to travel	voyager
a journey	un voyage
a trip	une excursion, un voyage
a route	un itinéraire

Scientific Innovation and Responsibility (1)

35

Lue Relue Apprise

A Discovery, Learning, Research – La découverte, la recherche

• *proof* (généralement indénombrable)	une preuve
• *evidence* (indénombrable)	des preuves
• *a piece of evidence*	une preuve
• *a stroke of genius*	un trait de génie
• *a patent*	un brevet
• *to perform an experiment*	faire une expérience
• *to proceed by trial and error*	tâtonner
• *to progress, to make headway*	progresser
• *to improve, to upgrade*	améliorer
• *to build a theory*	élaborer une théorie
• *to test/to put to the test*	mettre à l'essai
• *to subsidise*	subventionner
• *a subsidy/a grant*	une subvention/une bourse
• *to fund*	financer
• *public funding*	financement public
• *private funding*	financement privé
• *to cut*	réduire
• *cutbacks*	des réductions
• *a tight budget*	un budget serré
• *a research facility, a research lab*	un laboratoire de recherche
• *a field of research*	un domaine de recherche
• *research expenditure*	dépenses consacrées à la recherche
• *to earmark money for research*	budgéter de l'argent pour la recherche
• *the benefits of science*	les bienfaits de la science
• *to pioneer a technique*	innover une technique
• *to do pioneer work in*	faire œuvre de pionnier en
• *to tinker (with)*	bricoler

B Robotics and Internet – Robotique et Internet

• *a network*	un réseau
• *software*	un logiciel
• *web censorship*	la censure sur le web
• *technological progress*	les progrès technologiques
• *a threat*	une menace
• *to threaten*	menacer
• *privacy*	la vie privée
• *to launch a cyberattack*	lancer une cyberattaque
• *to monitor*	surveiller
• *to spy on*	espionner
• *a robot-run industry*	une industrie robotisée
• *a robotic device*	un engin robotisé
• *to automate a factory*	automatiser une usine
• *to be hazard-free, to be risk-free*	être sans danger
• *to give people more leisure time*	donner aux gens plus de loisir
• *to relieve humanity*	soulager l'homme
• *to lighten mankind's burden*	soulager le fardeau de l'homme
• *to set people free*	affranchir les gens
• *two-dimensional*	en 2D
• *three-dimensional*	en 3D
• *achievement*	succès
• *add-on*	module complémentaire
• *geek*	as de l'informatique
• *hacking*	piratage informatique
• *update*	mise à jour

Scientific Innovation and Responsibility (2)

36

☐ Lue ☐ Relue ☐ Apprise

A Space Conquest – La conquête de l'espace

• *an astronaut*	un astronaute
• *a spaceman/spacewoman*	un(e) spationaute
• *a cosmonaut*	un cosmonaute
• *a space station*	une station spatiale
• *a space lab*	un laboratoire spatial
Skylab: the name of NASA's first space station	
• *a spaceship, a spacecraft*	un vaisseau spatial
• *a manned spacecraft*	un engin spatial habité
• *a roving robot, rover*	un robot autonome
• *to go into orbit*	se mettre en orbite
• *put a satellite into orbit*	mettre un satellite en orbite
• *a flight into space*	un vol spatial
• *weightlessness*	l'apesanteur
• *a space probe*	une sonde spatiale
• *a star chart*	une carte du ciel
• *to discover a star*	découvrir une étoile
• *one million light years away*	distant d'un million d'années-lumière
• *to peer through a telescope*	regarder à travers un télescope
• *to peer deep into space*	fouiller l'espace

B Medecine and Medical Ethics – Médecine et éthique médicale

• *to develop a vaccine*	mettre au point un vaccin
• *to vaccinate*	vacciner
• *the drug / pharmaceutical industry*	l'industrie pharmaceutique
• *a drug / pharmaceutical company*	un laboratoire pharmaceutique
• *a clinical trial*	un essai clinique, un essai thérapeutique
• *long-term testing*	des expériences à long-terme
• *animal testing*	l'expérimentation animale
• *to devise a treatment*	mettre au point un traitement
• *to eradicate a disease*	faire disparaître une maladie
• *to conquer a disease*	vaincre une maladie

Scientific Innovation and Responsibility (2)

• *an ethics commission*	une commission d'éthique
• *a code of ethics*	un code de déontologie
• *a controversial topic*	un sujet de controverse
• *a matter of conscience*	un problème de conscience
• *to violate a code of conduct*	bafouer un code de conduite
• *to legislate*	légiférer
• *to ban experiments on*	interdire les expériences sur
• *to misuse a technique*	mal utiliser une technique
• *to tamper with*	manipuler (de façon malveillante)
• *to uphold the principles of*	défendre les principes de
• *to underplay the danger*	minimiser le danger
• *to quiet fears*	apaiser les craintes
• *to launch an awareness campaign*	lancer une campagne de sensibilisation

Territories and Memory (1)

37

Lue Relue Apprise

A Poverty – La pauvreté, ma misère

• *the poor (extremely poor = destitute)*	les pauvres
• *the underprivileged*	les démunis
• *the haves and have-nots*	les riches et les pauvres
• *the needy*	les nécessiteux
• *the throwaways*	les exclus
• *the downtrodden*	les opprimés
• *the poverty line, the poverty threshold*	le seuil de pauvreté
• *to live below the poverty line*	vivre en dessous du seuil de pauvreté
• *the grinding poverty*	la misère noire
• *deprivation, hardship*	la privation
• *to live from hand to mouth*	vivre d'expédients
• *to be in dire straits*	être aux abois
• *to be penniless*	être sans le sou
• *to be broke*	être fauché
• *to be hard up for money, to be short of money*	être à court d'argent
• *to scrimp and save*	économiser sur tout
• *to make cheeseparing economies*	faire des économies de bouts de chandelle
• *to fight one's way out of poverty*	se battre pour sortir de la pauvreté
• *to work one's way out of poverty*	s'efforcer de sortir de la pauvreté
• *to tighten one's belt*	se serrer la ceinture
• *to pull yourself up by your bootstraps*	litt. : se tirer soi-même par les languettes de ses chaussures ; mét. : se hisser hors de la misère tout seul
• *a self-made man*	un homme riche qui vient d'une famille sans argent
• *to be driven off the land*	être expulsé de ses terres
• *substandard housing*	logement insalubre
• *a shack*	une cabane
• *a chicken coop*	litt. : un poulailler ; mét. : une cage à lapins

- *to starve* — être affamé
- *to be racked by hunger* — être tenaillé par la faim
- *to go hungry* — souffrir de la faim
- *to starve to death* — mourir de faim
- *to have an empty stomach* — avoir le ventre vide
- *to forage in trash* — fouiller dans les poubelles
- *to scavenge for food* — fouiller dans les poubelles pour de la nourriture
- *dumpster diving* — la fouille des poubelles des supermarchés et restaurants (peut être un acte politique « anti-gaspi » et/ou par faim)

Territories and Memory (2) 38

Lue Relue Apprise

B Emigrating – L'émigration

• *a newcomer*	un nouveau venu
• *a native*	un autochtone, indigène
• *a national*	un ressortissant
• *a legal (an illegal) alien*	un ressortissant étranger avec (ou sans) papiers
• *a host country*	un pays d'accueil
• *mass migration*	l'émigration massive
• *large-scale immigration*	l'immigration de grande envergure
• *a citizen*	un citoyen
• *citizenship*	la citoyenneté, la nationalité
• *to receive citizenship*	obtenir la nationalité
• *to grant citizenship*	accorder la nationalité
• *to contemplate leaving*	envisager de partir
• *to improve living conditions*	améliorer les conditions d'existence
• *to go west*	aller vers l'Ouest
• *to be cut off from one's roots*	être coupé de ses racines
• *to be uprooted*	être déraciné
• *tyranny*	la tyrannie
• *oppression*	l'oppression
• *a leap toward freedom*	un saut vers la liberté
• *to provide a (safe) haven*	offrir un refuge (sûr)
• *a language barrier*	une barrière linguistique
• *to face hardships*	affronter les épreuves
• *to meet with hardships*	affronter les épreuves
• *to endure hardships*	supporter les épreuves
• *a surge of immigration*	une vague d'immigration
• *to open one's borders*	ouvrir ses frontières
• *to fling open one's borders*	ouvrir tout grand ses frontières
• *to stream across the border*	traverser la frontière en masse
• *to crisscross a country*	parcourir un pays dans tous les sens

C Illegal Immigration – L'immigration clandestine

• *undocumented immigrant*	un sans-papiers
• *an undocumented worker*	un travailleur clandestin

Territories and Memory (2)

• *to smuggle in*	faire entrer de façon clandestine
• *a people-smuggling network*	un réseau de passeurs
• *a smuggler*	un passeur
• *to cross the border*	passer la frontière
• *to sneak into a country*	entrer clandestinement dans un pays
• *to try one's luck*	tenter sa chance
• *a border guard*	un garde-frontière
• *to police a border*	surveiller une frontière
• *to round up*	rafler
• *a round up*	une rafle
• *to make a round*	effectuer une patrouille
• *to arouse suspicion*	susciter la suspicion
• *to look down on sb*	mépriser qqn
• *a refugee*	un réfugié
• *a refugee camp*	un camp de réfugiés
• *a holding centre*	un centre de détention
• *to be warehoused, to be held in a warehouse*	être détenu dans un lieu inapproprié/sans confort
• *to be sent back to one's country of origin*	être renvoyé dans son pays d'origine
• *to deport*	expulser
• *to deter from immigrating*	dissuader d'immigrer
• *a deterrent*	un moyen de dissuasion

Art and Power

39

Lue Relue Apprise

A Art – Art

• *a work of art*	une œuvre d'art
• *the Old Masters*	les grands peintres
• *an antique*	une antiquité
• *to paint*	peindre
• *a painter*	un peintre
• *to sketch*	esquisser
• *a drawing*	un dessin
• *a pencil drawing*	un dessin au crayon
• *an engraving*	une gravure
• *a mural*	une peinture murale
• *a fresco*	une fresque
• *a hue*	une nuance
• *a tint*	une teinte
• *to carve*	sculpter
• *to shape*	façonner
• *a fine arts museum*	un musée des beaux-arts
• *to house a collection*	abriter une collection
• *to exhibit one's work*	exposer ses œuvres
• *a curator*	un conservateur de musée
• *a donator*	un donateur
• *a patron*	un mécène
• *an art critic*	un critique d'art
• *an art gallery*	une galerie d'art
• *a daub*	une croûte
• *a fake*	un faux
• *an auction house*	maison des ventes
• *an auction room*	salle des ventes
• *an auction sale*	vente aux enchères
• *an auctioneer*	un commissaire-priseur

B Cinema – Cinéma

• *a talkie*	un film parlant
• *a full-length film*	un long-métrage
• *a short*	un court-métrage

Art and Power

a trailer	une bande-annonce
a blockbuster	une superproduction
a flop	un échec
a dud	une nullité
a lousy film	un navet
censorship	la censure
a movie-goer	un cinéphile
to watch a film	voir un film
to produce a film	produire un film
the majors	les grands studios
to release a film	sortir un film
to feature in a film	jouer dans un film
a starring role	un rôle principal
a supporting actor	un second rôle
an extra	un figurant
a stand-in	une doublure
a stuntman	un cascadeur
a stunt	une cascade
to impersonate a character	incarner un personnage
to play the villain	jouer le rôle du méchant
a film director	un metteur en scène
a film maker	un cinéaste
to shoot on location	tourner en extérieur
to shoot in the studio	tourner en studio
a take	une prise de vue
a pan shot	un plan panoramique
a long shot	un plan d'ensemble
a close shot	un plan rapproché
a distance shot	un plan éloigné
a freeze shot	un arrêt sur image
to assemble a film	faire le montage
a film editor	un monteur
the soundtrack	la bande sonore
an opening night	une première
a film award	une récompense cinématographique
a prize winner	un film primé

Diversity and Inclusion

40

Lue Relue Apprise

A Jobs and Production – Emploi et production

the labour market	le marché de l'emploi
the working population	la population active
job creation	la création d'emplois
labour	la main-d'œuvre
employment	l'emploi
underemployment	le sous-emploi
full employment	le plein emploi
unemployment	le chômage
to create jobs, to generate jobs	créer des emplois
to create job opportunities	créer des débouchés
workload	la charge de travail
flexitime	horaires flexibles
to change jobs, to switch jobs	changer d'emploi
livelihood	les moyens d'existence
to make a living, to earn one's living	gagner sa vie
a position	un poste
a seasonal job	un travail saisonnier
a menial job	un travail subalterne
an odd job	un petit boulot
full-time work	un travail à temps plein
to work full time	travailler à temps plein
a steady job	un emploi stable, un CDI
to apply for a job	postuler à un emploi
an applicant	un postulant
an application	une candidature
a vacancy, a vacant position	un poste vacant
to work overtime	faire des heures supplémentaires
mass production	production en série
a factory	une usine
an executive	un cadre
the CEO (chief executive officer)	le PDG
profitability	la rentabilité
efficiency	l'efficacité

• *to enhance productivity*	améliorer la productivité
• *a yield*	un rendement
• *a struggling industry*	une industrie en difficulté
• *an ailing industry*	une industrie en déclin
• *to turn things around*	redresser la situation
• *to adjust to changing times*	évoluer avec son temps
• *to keep pace with technological progress*	suivre le progrès technologique
• *a craftsman*	un artisan
• *to work on the line*	travailler à la chaîne
• *thankless*	ingrat
• *dull*	monotone

B The oppressed – Les opprimés

• *discrimination*	la discrimination
• *positive discrimination*	la discrimination positive
• *feminism*	le féminisme
• *sexism, racism*	le sexisme, le racisme
• *emancipation*	l'émancipation
• *to emancipate*	affranchir
• *a patriarchal society*	une société patriarcale
• *a visible minority*	une minorité visible
• *a person of colour*	une personne de couleur
• *demeaning work*	un travail avilissant
• *self-realisation*	l'accomplissement de soi
• *self-fulfillment*	l'épanouissement personnel
• *salary disparities*	les inégalités de salaire
• *underprivileged*	défavorisé
• *to awaken somebody to*	sensibiliser quelqu'un à
• *to battle bias*	lutter contre les préjugés
• *to earn the respect of*	gagner le respect de
• *to be judged on merit*	être jugé sur le mérite
• *to work one's way up*	partir du bas de l'échelle
• *to strike out on one's own*	se lancer seul

Fictions and Reality

41

Lue Relue Apprise

Myths are a reference for all of us. They help build a collective identity and a sense of cohesion in a group or a society. Myths allude to the human condition. They may be entirely imaginary or be based on real people or events.

1 Role Models

A Men and Women who Changed the World

- **Winston Churchill** (1874-1965). After a long and controversial political career, he became Prime Minister of Great Britain in May 1940, shortly after Nazi Germany had invaded France. His speeches were a great inspiration to the nation.
- **Eleanor Roosevelt** (1884-1962), the wife of US President Franklin D. Roosevelt, was a hero in her own right. She supported working women and defended civil rights for African Americans and for Asian Americans, who were persecuted during World War II.

B Men and Women who Use their Fame to Change the World

- **Bono** (1960-). Paul David Hewson is extremely active in humanitarian work, particularly in favour of Africa. He uses his fame to gain access to influential people like presidents, Prime Ministers, and wealthy philanthropists like Bill Gates.
- **Lady Diana**, Princess of Wales (1961 – 1997) married Prince Charles, the son of Queen Elizabeth II, in 1981. She worked hard to protect children in need and to raise awareness about Aids, leprosy and other serious illnesses. Her tragic death in a car accident in Paris at age 36 made her a legend in her own time.

C Everyday Heroes

- **Everyday heroes** aren't famous, and they don't have any superpowers. But they do have many good qualities, like common sense, decency, concern for others and determination. They may be anonymous to the public, but they are heroes to the individuals they work to protect and serve every day.
- **Activists** can be heroes because they promote or prevent social, political or environmental change.
- **Volunteers** for charity organisations (health, housing, education and more) are also "hidden heroes" because they generally act in the shadows.

2 Fictional Heroes

A Superheroes in Literature

- **Superhero** comics first appeared in the USA in the 1930s. Their adventures were particularly popular during World War II and the Great Depression.
- People instinctively appreciate superheroes, because thanks to them, justice and right always triumph over evil.
- **Antiheroes** began appearing in comics in the late 1980s. Their stories were darker and more complex.

B Superheroes in Films and Series

- Superheroes in films or series are often based on comic books, but the film versions often feature even more action, fantasy and science fiction.
- Gradually, more and more characters in film series are being created directly for the screen. Advances in special-effects technology help make them more visually dramatic and realistic. A sense of insecurity in the future has created a demand for films whose noble heroes and happy endings are reassuring for movie-goers.

3 Myths and Culture

- According to the dictionary, a myth is a **traditional story explaining a natural or social phenomenon** and involving supernatural gods, demigods or human beings and events. They are closely linked to religion and spirituality and they may be mixed with legends and history.
- **The United States is full of great myths**, such as the myth of happiness, the myth of progress and the myth of liberty. Historically those myths originated from the different waves of immigration.

Private Space, Public Space

42

Lue Relue Apprise

Roles are now less related to gender. Teleworking is developing and the home is becoming the new work-base. Private sphere and public sphere are intermingling.

1 Evolution of the Family

A Evolution of the Family

- Young people used to look up to their parents and other relatives (aunts and uncles, grandparents or even great-grandparents) as examples to follow.
- But the nuclear family has evolved and a family may also be a single parent family, an extended family or a stepfamily.

B Role of the Woman at Home and at Word

- The private sphere was long considered as women's proper place whereas men were supposed to belong to the public sphere. Women were in charge of the family and the home while men were responsible for politics or the economic world.
- **The role of women has changed significantly and for better**. They have attained success in every field, whether it is sports, politics or academics. With the encouragement of coeducation, women are now marching side by side with men.

C The Home

- A person's home can be an important facet of their identity and sense of belonging. Sometimes, people choose to live near people who share a similar cultural identity. Other times, where you are from may define your identity. Your home can be in an urban, suburban or rural area.
- With the development of virtual workplaces, the home is becoming a public space for many workers. In the UK, almost 10% of workers are teleworkers. It means that they work from home at least one day a week.

2 Emblematic Institutions of Power

A Institutions of Power in the United Kingdom

- The United Kingdom is a constitutional monarchy. That means the kingdom is ruled by a monarch whose powers are controlled by constitutional laws. The monarch is essentially a ceremonial figurehead, the person who symbolises the nation's history.

- The United Kingdom is actually governed by a bicameral Parliament, composed of the House of Lords and the House of Commons. Nevertheless, the British armed forces swear allegiance to the monarch and not to the Government.

B The Government of the USA

- The USA is a federal republic of 50 states. The Government is made up of various institutions that share powers to prevent any individual or group from gaining too much control. Power is divided into three tiers of local, state and national government.
- At the national level, the Government is composed of three branches: the legislative, executive and judicial branches. These divisions were established to create a system of checks and balances.

3 The Media and Public Opinion

A The Fourth Estate: The Press

- Like in the USA today, societies and governments have often been organised into three parts, which can also be called estates. When a group that is outside of the three official divisions acquires a lot of influence, it can be referred to as the "Fourth Estate".
- Nowadays, the term usually refers to the press or the media.

B Public Opinion and Citizenship

- **Public opinion** plays an important role in many societies today, because it favours democracy. The press can have an important role in influencing public opinion.
- **Civil disobedience** is non-violent political action that involves breaking or refusing to obey certain laws (by forming a peaceful blockade or entering a public place illegally) for example. Civil disobedience actions performed to influence public opinion and lead to a change in the laws.

Citizenship and Virtual Worlds 43

☐ Lue ☐ Relue ☐ Apprise

The concept of citizenship in the nineteenth and twentieth centuries was linked to the building of the nation. Nowadays, young people are developing their personal identities through family, friends and cultural and religious inheritance. However, in a world that increasingly operates online, their physical territories or roots are transformed into virtual territories.

1 Means of Communication

A Mobile phones and the Internet

- Mobile phones and the Internet have transformed communication and information sharing in the past twenty years. We can now communicate and share or search for images and information almost instantly.
- Mobile phones, laptop computers and tablets have increased access to Internet services like Skype and social networks such as Facebook, Twitter and WhatsApp by allowing people to have internet-connected devices available at all times.

B Future means of communication

- Massachusetts Institute of Technology (MIT), a prestigious research institution that has made many important contributions to technical progress, is currently working on **3D video calls**.

2 The Power of Digital transformation

A The real life/The virtual world

- Digital plays a major role in our everyday life. People's lives are split into two components: the real life and the virtual world. Little by little, the virtual world is substituting elements from our real life.
- New citizens. Citizens are now digital citizens of a global digital country where communities are populated by virtual personalities and see identities and nationalities gradually disappear.

B What is Real/What is Fake

- Instagram's virtual celebrities are gorgeous, popular and sought-after by brands. But they aren't real. They are digitally created.
- As virtual creations are becoming more and more real, distinction between what is real and what is fake will become harder to discern.

3 A Computer-Based Online Community

A Virtual worlds

- In a virtual world, users interact with each other in a simulated world. They use and control two-dimensional or three-dimensional avatars.

B School-education virtual worlds

- The virtual classroom is an online space designed for learning. It helps live teaching, either one-to-one or for a group. One advantage of the virtual classroom is that it fulfills the needs of teachers and pupils. They can explore a wide range of learning materials and videos.

4 Evolution of the Behaviour

A From Fiction to Internet

- The development of virtual worlds has started with the text-based, offline role playing games, created on the basis of the different works of fiction, such as Tolkien's books and ideas of world building for instance.
- Virtual worlds fascinate people because they manage to create states of the human existence which do not exist, that is to say are not real but do appear to be real from the point of view of the player.

B Ethical Behaviour

- Unlike other forms of media, virtual reality can create a world in which the user's environment is only determined by the creators of the virtual world. The creators are able to make players feel fake social links induced by advanced avatar technology.
- Today, virtual worlds enable realistic, interactive experiences that do not exist in the real world. Virtual worlds may have positive effects – for example, combating anxiety, reduce fears and possibly depression, promoting aid and environmental behaviours.

Identities and Exchanges

44

Lue Relue Apprise

The world is undergoing a period of rapid technological change. Instant communication and improved transportation means many developing countries are becoming rapidly industrialised, and goods and people are moving around the world more than ever before. So society must consider and prepare for the future.

1 New Forms of Exchanges

A Exchanges are Developing at an International Level

- Business relations are more numerous than in the past, and are also faster. In **international trade**, imports and exports can be subjected to trade agreements between nations.
- In most countries, international trade represents a significant part of the GNP. International trade is governed by the **World Trade Organization**, and it is restricted by tariff and non-tariff barriers.
- **Fair trade** allows producers in developing countries to improve their working and living conditions. Fair-trade producers get a better price for their goods. That allows them to invest some of their earnings in improving housing, health care and education.

B Advantages and Disadvantages of Globalisation

- Globalisation is the system of international exchange as well as the integration of products, ideas and cultures. Globalisation can have a negative impact, such as contributing to the disappearance of some languages. Inversely, dialects such as "Hinglish" and "Spanglish" contribute to the evolution of the English language by incorporating vocabulary and grammar from other languages.
- To produce at lower cost, companies delocalise their factories to developing countries where they can hire a labour force at more competitive wages. This can be positive for local workers since it creates jobs. But working conditions in those factories where keeping costs low is the main priority, are often not good.

C A More Global World

- Living in harmony with the natural environment means we must make both individual and collective efforts to preserve the planet. These efforts include recycling, reusing things, car-pooling, and sharing.
- Governments can encourage sustainable-development policies and projects that also reinforce people's sense of belonging in

their community, like educate pupils to help them to become more environmentally conscious, or eco-aware.

- Living together in a more global world means trying to decrease inequality between nations. Many people in the developed nations have launched projects intended to help people in developing nations.

2 The Notion of Citizenship in this Changing World

A Definitions

- Being granted the citizenship of a state means being a member of a particular country and having rights because of it.
- As a citizen, a person has political rights as well as civil and social rights. Nationals are persons with the nationality of the country. It means that there were born in the country but it doesn't make them full citizens.
- Nationalism or a global world? On the one hand, some citizens are withdrawing into themselves and it brings back a strong sense of nationalism. On the other hand, other citizens see the world as a global community.

B Global Citizenship

- As the world is becoming more and more global, some people feel they are global citizens rather than citizens of a particular state. The notion of identity is evolving. Identity is not related to borders and territories.
- Global citizens do not reject their nationalities or local identities. Being a member of the world ranks first while local identities are given second place.

Scientific Innovation and Responsibility

45

Luc Relue Apprise

Scientific innovations play an important part in our society. Recent scientific discoveries are part of our daily lives, and their goals is to improve it.

1 Technological Breakthroughs

A From the Industrial Revolution to Robots

- **The Industrial Revolution** was a period of transition that began in Britain in the late 18th century. Thanks to the Industrial Revolution, the standard of living of the British population improved dramatically.
- **Cybernetics** is the study of mechanical, physical, biological and other systems. A **cyborg** is a "cybernetic organism", part human, part machine. Some functions have been restored or some abilities enhanced thanks to the integration of artificial components or technology.

B Space exploration

- Space exploration has always fascinated mankind, and is now conducted both by robots and by manned spaceflights.
- **The International Space Station** is a space research environment laboratory in which astronauts carry out experiments in biology, physics, astronomy, meteorology and other fields.

2 Medical Breakthroughs

A Medical Breakthroughs and their Consequences

- **Antibiotics and vaccines** have contributed to improved health and increased longevity.
- Since 2001, developing nations have been allowed to produce generic medications to combat **public-health crises**, like HIV/Aids. This has been very important to increasing life expectancy and decreasing the spread of the disease.
- **In Vitro Fertilization** (IVF) is the process by which a woman's egg is fertilised by a man's sperm outside the body.

B Ethical Issues

- **Cloning** is the process of producing genetically identical individuals.
- **Human therapeutic cloning**, which involves cloning human cells for medical use, enables patients who cannot obtain transplants to be

treated. It generates tissues or even whole organs. **Human reproductive cloning**, which is not allowed, would involve duplicating a person to create a second individual with the exact same genes. It could help parents who cannot procreate to have a child, or to replace a child who died. But it also raises many ethical issues.

- **Sex selection** allows couples to choose the sex of their offspring.
- **Surrogate motherhood** is legal in some countries, and in some American states, and banned in others. Surrogacy is a complicated ethical issue, because on the one hand, it enables some people to have children, but on the other, in certain contexts, it reduces other women to the status of "baby-making machines."

3 Impact of Scientific Innovations on the Globe

A Pollution and Agreements

- **The United Nations (UN) Environment Programme** was established in 1972, after the first United Nations Conference on the Human Environment.
- The United Nations established the **World Commission on Environment and Development** in 1983.
- The **Kyoto Protocol** was adopted at COP3, in 1997, but it didn't enter into effect until 2005.
- At **COP21**, in Paris in late 2015, 195 member states signed an agreement promising to reduce their carbon output "as soon as possible" and to do their best to keep global warming to "well below 2 degrees Celcius".

B Using Up Resources

- **Agriculture** can contribute to soil and water depletion, deforestation, pollution and loss of biodiversity in crops, livestock or wild species.
- **Industrial pollution** can affect the air, water and soil. It can kill animals and plants, damage buildings, and adversely affect human health.
- **Transportation**. Modern people's taste for travelling ever farther and faster involves means of transportation such as cars and planes that contribute to increasing the rate of CO_2 emissions in the atmosphere.

C Alternatives

- **Organic food** is produced thanks to practices that protect the environment and preserve biodiversity.
- **The slow-food movement** is a reaction to fast-food (like McDonald's) and to the industrialisation of food in general.

Territories and Memory (1)

Lue Relue Apprise

The borders of the English-speaking countries have regularly evolved over time. Immigration and colonisation have built new borders. Motivations were varied: religion, political persecution, American Dream or economical motives.

1 Evolution of Territories

A From Independence to Expansion

- The signing of the Declaration of Independence in Philadelphia on July 4, 1776 was a turning point in the American Revolution. The document stated that the thirteen British colonies then at war with Great Britain considered themselves an independent nation composed of thirteen states. Americans celebrate **The Fourth of July** (also known as "Independence Day") as their national holiday, the anniversary of the founding of their nation.
- The 1783 Treaty of Paris, which ended the War of Independence, established the new nation's borders, but the country continued to expand both south and west. In the early 19th century, President Thomas Jefferson asked **Captains Lewis and Clark** to explore the continent's interior.
- For more than 200 years, the economy of the southern states in the USA depended on slave labour. Most slaves were brought from West Africa as part of the "**triangle trade**": European merchants traded manufactured goods for slaves, who were sold as property in the New World. The merchants brought agricultural products like sugar, molasses and tobacco back to Europe, completing the triangle.

B Australia as a Penal Colony

- After the American colonies achieved independence, Britain wanted to find a new colony, and so they began to settle in New South Wales (present-day Australia). Cheap labour was needed to develop agriculture and infrastructure there, so Britain began to send convicts, sentenced to seven or fourteen years of labour. At the end of their sentence, they were given a parcel of land to farm.
- On **January 26, 1788**, the First Fleet arrived at Botany Bay, in what would become the city of Sydney. This date later became **Australia's National Day**, called Australia Day.
- In 1793, the first free British immigrant settlers went to Australia. They were given parcels of land to farm, agricultural tools and convicts for free labour.

C Ireland: from a Dominion to a Republic

- In 1542, the Crown of Ireland Act established Henry VIII and his successors as the rulers of Ireland. But the Irish resisted, and their rebellion lasted for several centuries.
- Between 1845 and 1849 more than one million people died from **the Great Famine**, and another million emigrated to the USA. On April 24, 1916, seven members of the Irish Republican Brotherhood (IRB) mounted an insurrection called the Easter Rising. But the British Army quickly suppressed the rising.
- The **Irish War of Independence** began in January 1919 and ended in December 1921, when a peace treaty established Irish independence. One month later, Northern Ireland, which had a majority Protestant population, voted to leave the Free State, which had a majority Catholic one, and be reattached to Britain. In 1969, "The Troubles", a period of violence between Catholics and Protestants, began. The violence ended in 1997, and the country has been at peace since.

D Immigration waves in the United States

- First Immigration Wave 1609-1775: Europeans who fled religious persecutions and hoped for better economic futures; Black Africans to be used as slaves.
- Second Immigration Wave 1820-1870: Germans who ran away from wars; Irish immigrants who left their country because of the potato famine; Chinese immigrants who came to work on the railroad companies.
- Third Immigration Wave 1881-1920: Europeans who immigrated to live their American Dream.

2 Memory: Continuity and Breaks

A Immigrants' Cultural Heritage

- In the English-speaking world and elsewhere, immigrants aim at building a new life based on their **parents' cultural heritage**. This cultural heritage can create cohesiveness within immigrant families and communities, but children who are the first or second generation in a new country may feel divided between their parents' expectations and those of the country where they live. This can lead to cultural conflicts or a "generation gap".
- With the growth of multiculturalism, everyone, both immigrants and locals, is becoming more aware of the importance of preserving immigrants' cultural heritage. One way to do this is to share immigrant culture in festivals, parades and other events that are open to everyone. An example is the Notting Hill Carnival in London which was started by immigrants from Jamaica, the Bahamas, etc.
- Music, film, fashion and other arts are an expression of a community's culture. They can also be a way for cultures to be globalised, to penetrate new places and to blend with the cultures they encounter there.
- There is an expression: "History is written by the victors". It means that it is difficult for oppressed minority to defend their point of view. The dominant culture often tries to impose its interpretation of history. Nowadays, many oppressed groups are demanding a chance to express their side of the story. In America, this has led to events like Black History Month (February) and Women's History Month (March). During that time, events in schools, on TV and elsewhere, present the important contributions that Black people and women have made to American culture.
- Education can be an important tool in helping minority communities preserve their cultural inheritance. However, education is sometimes also used against certain cultures. In many countries, certain languages were forbidden, like Native American languages in North America and Aboriginal languages in Australia.

B Cultural Heritage

- Cultural heritage is a legacy from past generations for future generations. A society's cultural heritage can be composed of buildings, monuments and/or works of art that are vivid testimonies of the past. They reflect a particular period of time, and the historical events that took place then. They often have a positive image, as reminders of periods of peace and prosperity, or of victory in wars and other military conflicts (like the Churchill Museum in London). But some monuments, like the 9/11 Memorial in New York, can have sad or negative images. They memorialise the dead, and remind visitors about events that we hope will never be repeated.
- Languages, folklore and other intangibles are also important parts of ethnic groups' cultural heritage.
- Natural sites and native plants and animals can also be considered as part of communities' cultural heritage. Present generations have a responsibility to protect and preserve landscapes that are important to their cultural history.

C Preservation of Sites and Monuments

- **Heritage preservation or conservation** protects and preserves buildings, monuments and landscapes. For example, by the 1870s, Stonehenge, a pre-historic site in southern England, was threatened by tourists, who were chipping off parts of the stones and carving their initials into the rock. This led to the creation of the Society for the Protection of Ancient Buildings in 1877. In 1895, the National Trust was founded to help preserve historic buildings.

Art and Power

Lue Relue Apprise

48

Art is considered as a form of power as artists don't depend on governments or other forms of power to create. When they aren't affected by censorship, they can say what they want through their works.

1 Architectural Buildings as a Duty of Remembrance

- **The Statue of Liberty**, a monument located on Liberty Island, south of Ellis Island in New York City, played a major role in history as it served as an icon of freedom to all immigrants arriving in America.
- **The Canadian National Vimy Memorial**, a Canadian monument site in France, was built to honour the memory of Canadian Expeditionary Force members killed during World War I.
- **The National September 11 Memorial & Museum** commemorates the September 11, 2001 attacks and honours the memories of the 2,977 civilians and rescue operators who were killed.

2 Propaganda and Patriotism

A Art and Propaganda

- As people are usually suspicious of propaganda, some governments, such as Hitler's government for instance **used art to coerce people into following them**.
- Artists used their works to convey a message or push a **political ideology**. In that case, art is subordinate to **brainwashing**.

B Patriotic Works in American Art

- War propaganda posters were usually used as a way to manipulate human emotions by displaying facts selectively. However, it was also a means to change the attitude of the target audience toward a subject.
- **Norman Rockwell** magazine covers highlighted the human aspect of the American war effort during World War II. His illustrations promoted war bonds and encouraged people to finance military expeditions and called for women to work and men to enlist.

C Censorship

- Initially the concept of censorship was to protect the viewers from disturbing images and videos, which could psychologically be damaging for both children and adults.

- For artists, censoring art is the equivalent of censoring a person's own mind and preventing them to freely express themselves. Moreover, destroying a work permanently removes it from future generations.

3 Art as a Form to Express Political Ideas

A Engaged Artists During the Vietnam War

- The **war in Vietnam** influenced the shift from ideals of aesthetic purity toward a realm of shared conscience and civic action.
- Artists also chose to sing to express their opinions and numerous singers composed and sang anti-war songs because they considered protest songs provided a window into the mood of the 1960s.

B Woodstock Festival against Imperialism

- **Woodstock Festival** (1969) is still considered as a defining event for the **counterculture** (a way of life and attitudes opposed to the prevailing norms and standards) generation. It was an opportunity for people to escape into music and spread a message of unity and peace.

C Protest songs against Apartheid in South Africa

- Opposition to **Apartheid in South Africa** (a system of racial segregation and white supremacy, which placed all political powers in the hands of a white minority) took different forms, including boycotts, nonviolent protests and armed resistance. Music was a means to **raise awareness**, build a unity within the movement.

4 Art as a Form of Counter-Power

A Street Art

- Street art is a form of visual art created in public locations. It is usually displayed on buildings, walls and fences, trains and other publicly viewed surfaces.
- **Bansky** is an anonymous English-based street artist who expresses his political ideas on streets, walls and bridges of cities throughout the world. His works have dealt with various political and social subjects, such as anti-war, anti-consumerism, anti-imperialism...

B Underground Culture

- Underground culture is a movement depicting various alternative cultures. The expression uses the word "underground" because it refers to the resistance movements who were compelled to respect the secrecy of their members.

Diversity and Inclusion (1) 49

Lue Relue Apprise

Class, race and gender bring about discrimination and inequalities. Irreversible damage and death are the consequences of discrimination. Minority groups are most likely to suffer from discrimination and difficulties to integrate into the society.

1 Conflict between Modernity and Tradition

A Culture and Traditions are Becoming Interdependent

- As society evolves, some traditions begin to disappear. **Eating habits** are a good example of this evolution, with the increasing popularity of fast food, for example.
- Developing countries lose some of their **cultural heritage** when western style clothing becomes more easily and cheaply accessible.
- **Social roles are evolving, too**. For example, women's place is changing. Globalisation can exacerbate gender inequality by exploiting women in low-wage sweatshops. But in other ways, it can free them from traditional roles in rural areas by allowing them to become wage-earners whose income grants them more influence.

B Skyscrapers and Slums

- With over 1.2 billion people, 21st century India is the second most populous country in the world. 22% of the population live in extreme poverty, but India has a large wealthy population too. Mumbai is a symbol of that economic disparity.
- The formation of slums is linked to urbanisation. Rural poverty encourages migration to urban areas. But when poor people come to the city in search of work, they generally cannot find decent, affordable places to live. They wind up living in the slums.

2 Various Forms of Discrimination

A Classes and Inequalities

- In Britain during the Industrial Revolution, there were three main social classes: the upper class, the middle class and the lower class (also called the working class).
- Between 1860 and 1920, the British segregated Indians by caste, granting administrative jobs and responsibilities only to Christians and people belonging to certain castes. Social unrest during the 1920s led to

a change in this policy, but the system continues to be practiced in India with devastating social effects.

B Gender Discrimination

- Gender discrimination kills 240,000 girls under the age of five every year in India. It concerns their limited access to education, employment or political representation. But it also concerns lacks as regards care, vaccination, and nutrition of girls.
- The reasons for the deaths are mostly due to unwanted female child bearing in a society that has a preference for sons. Families prefer delivering boys and the availability of sex-selective operations, although illegal in India, mean there's a gender gap.

C Racial Discrimination in the United States

- When the Europeans arrived on North America's shores, they were convinced that the original inhabitants of America needed to be civilised through Christianity. They forced assimilation through institutions like residential schools and the establishment of "Indian reservations".
- When Japan ordered the bombing of Pearl Harbor in Hawaii in December 1941, racism against Japanese-Americans soared. Japanese-Americans were targets of harassment, discrimination, and government surveillance. It got worse in 1942 when President Franklin D. Roosevelt ordered the internment of Japanese-Americans (more than 60,000 were sent to the camps).

Diversity and Inclusion (2) 50

Lue Relue Apprise

3 Fighting against Inequality

A In the USA

- Slavery existed in the USA from before independence to the end of the American Civil War. The cotton industry made the economy of the southern states dependent on slavery. After the Civil War ended, the 13th Amendment to the Constitution formally and definitively abolished slavery in the USA in December, 1865.
- In 1868, Congress ratified the 14th Amendment, which granted full citizenship to former slaves, who did not have the rights of citizens before.
- In the 1880s, white segregationists began to impose a set of racist rules known as Jim Crow laws. White supremacist organisations like the **Ku Klux Klan** lynched people who didn't respect them.
- By the 1950s, **the Civil Rights movement**, which was fighting against Jim Crow and for equal rights for Black people, was getting stronger. Inspired by Gandhi's non-violent protests, the civil-rights leader **Martin Luther King** became the spokesperson for non-violent civil disobedience.
- The most famous act of civil disobedience was on December 1, 1955, when **Rosa Parks** refused to give up her seat in a bus to a white passenger, and she was arrested. To protest her arrest, civil-rights leaders asked black people not to take the bus. In November, 1956, the Supreme Court decided that segregation on public transportation was unconstitutional. In December, 1956, the city of Montgomery ended segregation on public buses, and black people started riding them again.

B In Canada

- Canada is now the most multicultural country in the world, with immigrants from every country, ethnic group and religion in the world.
- The French and British first established colonies in Canada in the 17th century. But the Aboriginal, or indigenous peoples of Canada arrived from Asia over 12,000 years ago.

C In South Africa

- Racial segregation started in colonial times under the Dutch empire and continued under the British, who took over the region in 1795. **Apartheid**, a legal system of racial segregation, was established in 1948.

Diversity and Inclusion (2)

- In the 1950s, the African National Congress (ANC), the main anti-Apartheid organisation, used only non-violent means to protest Apartheid. But after the Sharpeville Massacre, where 69 anti-Apartheid protestors were killed by the police, **Nelson Mandela** and other ANC leaders announced that it could no longer limit itself to non-violence. The first attacks took place in December, 1961. In 1962, Mandela was arrested and sentenced to life in prison.
- In 1990, President de Klerk released Nelson Mandela and several other political prisoners, and started negotiations to end Apartheid. The nation's first truly democratic elections were held in 1994. Nelson Mandela became the first Black President of South Africa.

Corrigés Mémo'Quiz

Page 36

1. *We **are** always **waiting** for him.*
2. *Mark and Lucy **go** to church every Sunday.*
3. *I **don't like** eating cold soup.*
4. ***Does** she **walk** to school?*
5. ***Is** the band **rehearsing** for the concert?*

Page 38

1. *She **was born** in 1947.*
2. ***Did** you **see** who stole my purse?*
3. ***Did** she **leave** with you last night?*
4. *Someone **knocked** on the door while I **was listening** to the radio.*

Page 40

1. *She **has never drunk** English tea.*
2. ***Have** they **finished** their tests yet?*
3. *Last Monday she **realized** she **had lost** her favourite scarf.*

Page 42

1. *am going to go*
2. *is visiting*
3. *arrives*
4. *am going to dive*

Page 44

1. *can't*
2. *shouldn't*
3. *must*
4. *might*

Page 46

1. a. *I'd rather go*
2. b. *I wish I hadn't lied*
3. a. *I would play*

Page 48

1. *If I lived in Australia, I would go to the beach every day.*
2. *You can't drive unless you have a driving licence.*
3. *If the phone hadn't rung, I wouldn't have burnt the dinner.*
4. *Come if you want.*
5. *They bought a dog for fear of being burglered.*
6. *If I won at the lottery, I would travel round the world.*

Page 50

1. *foxes* [iz]
2. *births* [s]
3. *wolves* [z]
4. *analyses* [s]
5. *heroes* [z]
6. *enemies* [iz]

Page 52

1. *Ø – the*
2. *a*
3. *the*
4. *a child – Ø*
5. *An – a – the*

Page 54

1. *some*
2. *Some*
3. *any*
4. *some*
5. *no*

Page 56

1. a. *one*
2. c. *Neither*
3. b. *many*
4. c. *much*
5. a. *both*

Page 58

1. a. *nice little town*
2. c. *shiny big blue eyes*
3. c. *in this job*
4. b. *pretty coffee cup*
5. a. *parents-in-law*

Page 60

1. *the newest*
2. *the most incredible*
3. *The better – the easier*

Corrigés Mémo'Quiz

Page 62

1. a. *themselves*

2. c. *myself*

3. b. *that*

4. c. *one another*

Page 64

1. *John***'s** *house*

2. ***Your/My*** – ***mine/yours***

3. *The twins' bedroom*

4. ***ours***

5. *Louis***'s** *father*

Page 66

1. *What did you go out for?*

2. *How often do you go to the cinema?*

3. *Which colour of the rainbow do you prefer?*

4. *How long will you stay in London ?*

5. *Who lives here?*

Page 68

1. a. *What*

2. b. *which*

3. a., b. ou c. *that/whom/Ø*

Page 70 (Structures résultatives)

1. *He cried* ***himself*** *to* ***sleep.***

2. *She* ***kicked*** *the door* ***open****.*

3. *We are* ***bored stiff/to death****.*

Page 70 (Voix passive)

1. *The car* ***is driven by*** *Meg.*

2. *The red file* ***have been taken by*** *them.*

3. ***Will*** *the house* ***be cleaned by*** *Sam?*

Page 72

1. *He* ***is expected to win****.*

2. *She asked me* ***to come back****.*

3. *They advised me* ***to try again****.*

4. *He begged me* ***not to give up****.*

5. *I borrowed this book* ***for you to read****.*

Page 74

1. *He told me he* ***had never visited*** *the Cotswolds.*

2. *He said they* ***loved*** *chocolate.*

3. *She wondered where* ***they had been****.*

Page 76

1. *Put* ***it*** *away.*

2. *Get off* ***it****.*

3. *He couldn't hold* ***them*** *back.*

4. *You need to get over* ***him.***

Pronoms personnels

Pronoms personnels sujet	Pronoms personnels complément	Pronoms personnels réfléchis	Adjectifs possessifs	Pronoms possessifs
I work	*He gives* ***me*** *an orange*	*myself*	my house	It's **mine**
You work	*I give* ***you*** *an orange*	*yourself*	your house	It's **yours**
He works	*I give* ***him*** *an orange*	*himself*	his house	It's **his**
She works	*I give* ***her*** *an orange*	*herself*	her house	It's **hers**
It works	*I give* ***it*** *an orange*	*itself*	its house	It's **its**
We work	*They give* ***us*** *an orange*	ourselves	our house	It's **ours**
You work	*They give* ***you*** *an orange*	yourselves	your house	It's **yours**
They work	*We give* ***them*** *an orange*	themselves	their house	It's **theirs**

Attention !

Ne pas confondre : *they them their theirs* entre eux, mais aussi avec *there.* La prononciation est très semblable, mais la construction des phrases et l'orthographe des mots ne le sont pas du tout.

→ ***They*** *like chocolate.* **Ils** aiment le chocolat. (pronom personnel sujet)

→ *We hate* ***them****.* Nous **les** détestons. (pronom personnel complément)

→ *It is* ***their*** *car.* C'est **leur** voiture. (adjectif possessif)

→ *Yes it is* ***theirs****.* Oui, c'est **la leur**. (pronom possessif)

→ ***There*** *are many people in the street.* **Il y a** beaucoup de gens dans la rue.

Pronoms possessifs de la troisième personne

En anglais, ils prennent le genre (masculin, féminin, neutre) **de la personne qui possède** et ne s'accordent pas avec le nom qu'ils précèdent. Le possessif peut donc changer pour un même nom.

→ *her house* sa maison (la maison appartient à une femme)

→ *his house* sa maison (la maison appartient à un homme).

Les connecteurs logiques (1)

- *Although / Though* bien que, quoique • ***Although*** *Pat was an Irish name, the man on the phone sounded totally English.*
- *As / Since* comme, étant donné que, puisque • ***As*** *there are so many pubs in London, Bridie could have been mistaken.*
- *As* au fur et à mesure que • ***As*** *the story unfolds, we realise that she is not going to meet the man she expected.*
- *As* comme, de la même façon que • ***As*** *it is usually the case when you meet someone for the first time, Bridie finds it hard to contain herself.*
- *As if / As though* comme si • *When the little Indian started talking to her, Bridie reacted* ***as if*** *she had felt insulted.*
- *As long as / So long as* tant que, pourvu que, à condition que • ***As long as*** *you don't expect to meet your friend you won't be disappointed.*
- *As soon as* dès que, aussitôt que • ***As soon as*** *the Indian man started to talk to her she looked down on him.*
- *Because of / Due to / Owing to* à cause de, en raison de • ***Due to*** *the unusual conditions, they were both very embarrassed.*
- *Besides* d'ailleurs, en outre • *Pat meant no harm to her.* ***Besides****, he addressed her very politely.*
- *Contrary to* en opposition à, à l'encontre de • ***Contrary to*** *the tall Prince Charming she had been dreaming of, Pat was a small man.*
- *Despite / In spite of* malgré, en dépit de • ***Despite*** *Bridie's lack of enthusiasm, the Indian man insisted on taking her out to dinner.*
- *Either... or* ou (bien)... ou (bien) • *On a blind date you* ***either*** *accept to be surprised* **or** *you do not go at all.*
- *Even though* bien que • ***Even though*** *Pat was smiling, Bridie remained very cold and unwelcoming.*
- *For* depuis (+ durée) • ***For*** *weeks she had been dreaming of this!*
- *For fear of* de peur de, de crainte de • *She could hardly speak* ***for fear of*** *letting her disappointment transpire.*
- *However / Yet / Still / Nevertheless* pourtant, cependant • *The reader has mixed feelings about Bridie.* ***However****, he sympathises with Pat.*
- *However* **+ adjectif ou adverbe :** aussi (+ adjectif + subjonctif) ; avoir beau • ***However unlikely*** *it seems, they might have agreed to meet again.*
- *If* si • ***If*** *I were you, I would never go to another blind date.*
- *In order to / So as to* afin de • *She was just about ready to do anything* ***in order to*** *avoid any more blind dates.*
- *Insofar as / Inasmuch as* dans la mesure où • ***Insofar as*** *she did not know his last name, she could not guess he was Indian.*

Les connecteurs logiques (2)

- *Moreover / Furthermore / What's more* de plus, qui plus est, en outre • *This text relates the story of a blind date.* ***Moreover*** *it tackles an interesting issue: the difficulties of integration in a biased society.*
- *Neither... nor* ni... ni • ***Neither*** *Pat* ***nor*** *Bridie was relaxed.*
- *No matter what / Whatever* quoi que (+ subjonctif) ; peu importe • ***No matter what*** *he said, at this stage, she had made her decision.*
- *No matter who / Whoever* peu importe qui • ***No matter who*** *is in front of you, remember beauty is only skin deep.*
- *Once / As soon as* une fois que, dès que • ***Once*** *she has found a suitable man, she will be happy.*
- *Provided (that) / Providing (that)* pourvu que, à condition que • ***Provided*** *you can speak a little English, visiting London is a treat.*
- *Since* depuis (+ moment précis) • *English women over 21 have had the right to vote* ***since*** *1928.*
- *So / And that's why / Thus* ainsi, donc, par conséquent • *There are myriads of pubs in London,* ***so*** *pick the trendy ones!*
- *So that* afin que, pour que • *The narrator gives us a lot of details* ***so that*** *we may visualise the scene.*
- *Therefore* donc, par conséquent, pour cette raison • *He is desperately looking for someone,* ***therefore*** *he may not find anyone.*
- *Though / And yet* et pourtant • *They are not made for each other, they might get along in the end* ***though****.*
- *Unless* à moins que • *She will remain single* ***unless*** *she tries to be more open-minded.*
- *Until / till* jusqu'à • ***Until*** *recently it took three hours from Paris to go to London by train, now it has gone down to two hours and 15 minutes!*
- *Whatever* quoi que (+ subjonctif) / *Whenever* chaque fois que / *Whoever* qui que / *Wherever* où que •

Whatever *you do, be honest with yourself* ***whenever*** *you can,* ***whoever*** *you are,* ***wherever*** *you are.*

- *Whereas / While* alors que (par opposition) • *Pubs have strict schedule rules,* ***whereas*** *cafés are open all day long.*
- *Whether... (or)* si... (... ou) • *We may wonder* ***whether*** *Pat had foreseen what actually happened.*
- *Whether... (or not)* que (+ subjonctif) (... ou non) • ***Whether*** *you speak English* ***or not*** *makes a great difference when you travel.*
- *While* pendant que • *You must strike* ***while*** *the iron is hot.*
- *Yet* jusqu'ici • *This is likely to be her best blind date* ***yet.***
- *(Not) Yet* (pas) encore • *While the reader is aware of the Indian man's purpose, Bridie has* ***not*** *got any clue* ***yet.***

Quelques verbes prépositionnels et à particules (1)

Quelques verbes ou expressions prépositionnels *Attention : quand on met un verbe après une préposition, il est en* **V – ing.**	**Quelques verbes à particules** *Les particules adverbiales n'introduisent pas de complément ; elles changent le sens du verbe.*
to account for expliquer	*to talk back* rétorquer (réalphabétiser)
to agree with s.o. on something être d'accord avec quelqu'un sur quelque chose	*to break out* éclater (une guerre/ un conflit)
to (dis)approve of (dés)approuver	*to bring up (children)* élever (des enfants)
to be different from être différent de	*to call off* reporter, remettre à plus tard
to be interested in être intéressé par	*to carry on* continuer
to be responsible for être responsable de	*to come through* s'en sortir
to be synonymous with être synonyme de	*to cut down* réduire
to blame sb for sthg accuser quelqu'un de	*to cut off* supprimer (une somme d'argent)
to borrow sthg from sb emprunter	*to fill in* remplir (un formulaire)
to cope with faire face, surmonter	*to get along with sb* s'entendre bien avec quelqu'un
to deal with s'occuper d'un problème, régler un problème	*to get by* se débrouiller
to depend on dépendre de	*to give back* render
to escape from s'échapper	*to give in* céder
to get on well with sb s'entendre bien avec quelqu'un	*to give up* abandonner
to be good at être bon en	*to go on* continuer
to glance at jeter un coup d'œil	*to keep on* continuer
to laugh at sb se moquer de quelqu'un	*to let sb down* laisser tomber quelqu'un
to listen to écouter	*to look down on sb* mépriser quelqu'un
to look after sb s'occuper de	*to look a word up in the dictionary* vérifier un mot dans le dictionnaire
to look for chercher	*to make out* comprendre / distinguer dans l'obscurité
to look forward to attendre avec impatience de	*to pick up* ramasser
to look like sb ressembler à	*to put off* reporter
to prevent sb from empêcher quelqu'un de	*to set up a business* créer une entreprise

Quelques verbes prépositionnels et à particules (2)

Quelques verbes ou expressions prépositionnels *Attention : quand on met un verbe après une préposition, il est en* **V – ing**.	**Quelques verbes à particules** *Les particules adverbiales n'introduisent pas de complément ; elles changent le sens du verbe.*
to put up with supporter (une douleur...)	*to slow down* ralentir
to rely on compter sur	*to sum up* résumer
to take to se mettre à	*to take off* ôter un vêtement / décoller (avion)
to suceed in réussir à	*to throw away* jeter
to wait for attendre	*to turn down* refuser une offre / baisser le son

Responsable éditoriale : Raphaëlle Maurey
Édition : Julie Langlais, Maria Tasso
Conception graphique intérieur : Julie Lannes
Compositeurs : Linéale – Irilys (couverture)
Conception couverture : Frédéric Jély

MIXTE
Papier issu de sources responsables
FSC® C022030
www.fsc.org

Nathan est un éditeur qui s'engage pour la préservation
de son environnement et qui utilise du papier composé
de fibres naturelles, renouvelables, fabriquées à partir de bois
provenant de forêts gérées de manière responsable et contrôlée.

Achevé d'imprimer en septembre 2020 par Macrolibros à Valladolid en Espagne
Dépôt légal : septembre 2020 - N° de projet : 10262093